LA MÈRE MORTE

Fille de Georges de Caunes et de Benoîte Groult, Blandine de Caunes a longtemps été attachée de presse dans l'édition. Elle est l'auteure de *L'Involontaire* et de *La Mère morte*. Elle a établi et préfacé le *Journal d'Irlande* de Benoîte Groult (Grasset, 2018) et le *Journal amoureux* de Benoîte Groult et Paul Guimard (Stock, 2021).

Paru au Livre de Poche :

JOURNAL D'IRLANDE
(de Benoîte Groult, édition établie
et présentée par Blandine de Caunes)

BLANDINE DE CAUNES

La Mère morte

STOCK

ISBN : 978-2-253-07756-5 – 1re publication LGF

Pour ma Zélie chérie

Écrire, c'est hurler sans bruit.

Marguerite Duras

Je me souviens qu'au début on ne voulait pas voir, pas savoir, pas comprendre, ma sœur et moi. Pourtant, on la connaissait cette garce. Nicole Groult, notre grand-mère, et Flora, la sœur cadette de maman, ont eu un Alzheimer. Mais bon, pas maman, pas elle… qui était d'ailleurs persuadée, vu son âge, qu'elle était protégée. Et nous aussi, on voulait s'en persuader.

Ça a commencé… Mais quand commence une telle chose ? Quels sont les signes avant-coureurs ? Comment démêler les petites atteintes de la mémoire et du comportement, normales à partir d'un certain âge, d'une vraie maladie qui s'installe ? Et surtout, quand accepte-t-on d'en tirer les conséquences, c'est-à-dire de limiter la liberté de la personne aimée et si longtemps toute-puissante ?

Ça a commencé… ou plutôt on a commencé à s'en rendre compte, ma sœur Lison et moi, sans doute au cinéma où nous allions souvent le dimanche. Certes, elle arrivait à la dernière minute, prétendant qu'on ne lui avait pas donné la bonne adresse ; mais elle arrivait. Même si, déjà, elle ne comprenait plus bien l'intrigue et mélangeait les comédiennes : « La blonde, c'était sa femme ou sa maîtresse ? Et pourquoi les gens riaient tant, expliquez-moi. – Ils riaient parce que c'était drôle, maman. » On a d'abord mis ça sur le compte de sa surdité. Nous n'allions donc plus voir que des films sous-titrés. Et puis, elle n'est plus arrivée. Au téléphone, elle nous disait : « Oh, c'est trop bête, j'avais oublié le nom de la salle, l'adresse et le titre du film. Je suis entrée dans plusieurs cinémas, mais vous n'étiez nulle part. » Il n'y avait qu'à la Pagode, tout près de chez elle, où elle allait encore sans encombre. On a alors compris qu'on ne pouvait plus la laisser circuler seule en dehors d'un périmètre restreint. Jusqu'au jour où, même la Pagode, c'est devenu compliqué.

Jusqu'au jour où on ne l'a plus emmenée au cinéma.

Ça a commencé… quand j'ai découvert qu'elle avait commandé un radiateur hors de prix (2 190 euros) dont elle n'avait absolument pas besoin. Elle avait oublié cet achat, elle le niait même, malgré sa signature sur le bon. Il a fallu que je me démène et que je menace pour éviter la livraison et, surtout, pour éviter de payer.

Ça a commencé… quand on a renoncé, Lison et moi, à lui expliquer, pour la dixième fois, le maniement de son portable. On lui en a alors choisi un extrêmement simple, dont on m'avait dit qu'il était parfait pour les seniors. Mais là non plus, ça n'a pas marché plus d'un jour ou deux. Comme pour l'ordinateur qu'elle avait acheté quelques années plus tôt, et dont elle n'a jamais vraiment réussi à se servir. Bon, d'accord, elle a écrit un chapitre irrésistible sur ses mésaventures informatiques dans *La Touche étoile*, son dernier best-seller !

Ça a commencé… quand je me suis aperçue qu'elle oubliait son code bancaire et que sa carte était régulièrement avalée.

Ça a commencé… quand j'ai découvert qu'elle acceptait des conférences à l'étranger qu'elle ne pouvait plus honorer ; d'ailleurs, elle ne se souvenait pas qu'elle avait accepté. Il a fallu que j'en décommande deux ou trois : « Mais elle nous a dit oui… Elle est venue l'année dernière, et elle a été parfaite. – Oui, mais maintenant ce n'est plus possible, elle est trop fatiguée. » Je sentais la réprobation, plus ou moins muette, de mes interlocuteurs.

Ça a commencé… quand j'ai reçu une lettre dans laquelle elle se plaignait de ne plus être au courant de ses comptes ni du montant de ses chèques. Elle me soupçonnait d'avoir pris le pouvoir sur ses finances, sans son accord… Lettre assez rude : « Il faut qu'on tire ça au clair, ma chérie. Je n'ai pas été déclarée gâteuse. Mais tu fais en sorte que je le devienne, même si ça me dépanne, parfois… Je conçois qu'il y ait eu un flottement ces derniers mois mais, ne sachant pas quand je mourrai, il faut qu'on adopte un modus vivendi (c'est le cas de le dire !) vivable pour toutes les deux. » Cette lettre m'a d'autant plus peinée qu'elle avait complètement oublié qu'on était allées à la banque ensemble, dix jours plus tôt, et qu'on lui avait tout expliqué.

Ça a commencé… le jour où elle m'a dit : « Tu sais, ma… la chose qui… heu… mon horloge au poignet. »

Mais j'ai vraiment compris, admis, que ça n'allait plus, au ministère des Droits des femmes. Invitée pour une rencontre avec deux classes de première, elle était ce jour-là absente, confuse, et répondait à côté. Je bouillais et j'avais envie de bondir à ses côtés pour lui souffler les réponses. Yvette Roudy, son amie de toujours, qui était au premier rang, s'énervait : « Mais enfin, vas-y, Benoîte, réponds… » Heureusement, la ministre Najat Vallaud-Belkacem a pris les choses en main avec beaucoup de délicatesse, comblant les blancs pour dire ce que maman n'arrivait pas à dire. Atterrée, malheureuse comme une orpheline, je me suis juré que plus jamais je ne la laisserais se mettre dans cette situation.

Pourtant, pendant le cocktail, maman avait repris du poil de la bête et tout le monde semblait ravi et admiratif. Elle a tout de même senti qu'elle n'avait pas été à la hauteur et, pour ne pas perdre la face, elle répétait d'un ton enjoué : « Je ne savais pas que ça devait se passer comme ça, on ne m'avait rien dit. » Alors qu'on avait passé une demi-heure dans le bureau de la ministre à parler du déroulé de son intervention. J'ai compris, ce jour-là, que les gens ne voyaient que l'icône du féminisme, l'écrivaine à succès, et pas la femme affaiblie qu'elle était devenue. Sauf les amis proches, comme notre chère Maryse Wolinski qui, à la fin, m'avait serrée dans ses bras en me disant, des larmes dans la voix : « Blandine, j'ai souffert tout le temps, mais j'ai surtout pensé à toi et à ce que tu devais ressentir. »

C'était en 2014. Elle avait 94 ans.

2015

Le 8 juin, maman s'installe à Doëlan, dans sa maison bretonne, où elle passera l'été comme d'habitude. Mais plus rien n'est comme d'habitude. Depuis qu'on a mis un nom sur sa maladie, elle nous saute aux yeux : au début, et c'est bien là la sournoiserie, les changements sont imperceptibles. Et maman a toujours su biaiser avec la réalité. On s'est donc décidées à prendre un rendez-vous avec un neurologue pour nous entendre dire ce que nous savons déjà, plus ou moins. Pour qu'elle l'entende surtout.

Le docteur V., qui lui a prescrit le mois dernier des examens cardiaques et respiratoires, plus un scanner du cerveau, lui pose aujourd'hui toute une série de questions : « Quel jour sommes-nous ? Qui est le président de la République ? Quel est votre numéro de téléphone ? Quel âge avez-vous ? » Il lui propose de danser la valse qu'elle prétend danser très bien. Et c'est vrai, elle se souvient des pas et ils dansent ensemble, quelques secondes. C'est surréaliste ! En calcul mental, à notre grande surprise, elle est impeccable. Mais pour le reste, elle patine et nous regarde, l'œil inquiet, cherchant l'aide que nous lui donnons en temps normal. Aujourd'hui, nous n'avons pas le droit et c'est affreux de voir son désarroi et de la laisser s'enfoncer. C'est comme si on l'abandonnait. Elle nous en veut, je le sens, et elle nous accuse Lison et moi : « Mais c'est un guet-apens… Plus jamais je ne me laisserai emmener par vous. »

Plus les résultats sont catastrophiques, plus elle devient agressive : « Alors, dans toutes mes maisons, il y a l'œil de Judas… »

Elle nous déteste soudain, elle nous hait même.

Et quand, en attendant le taxi, Lison la prend dans ses bras pour l'embrasser, elle la repousse en lui disant : « C'est le baiser de la mort. »

On la dépose chez elle, rue de Bourgogne, effondrées ; jamais elle ne nous a manifesté le moindre sentiment de désamour. Nous la laissons sous la garde de Martine Groult, notre petite cousine, qu'on a appelée à l'aide pour qu'elle s'occupe de maman pendant ces quelques jours à Paris. On ne veut plus la laisser seule et prendre le risque qu'elle sorte et se perde.

Pour nous remettre, nous allons boire un verre. On réalise qu'on est entrées dans un nouveau monde et que nous allons devoir réorganiser la vie de maman. C'est d'autant plus compliqué qu'elle habite l'hiver à Hyères, dans le Var, à mille kilomètres de Paris où nous vivons. Son appartement parisien, rue de Bourgogne, est trop petit et malcommode – avec son escalier en colimaçon – pour l'y installer avec une garde à domicile. Et Doëlan, l'hiver, c'est sinistre et peu praticable car il faut marcher sur un chemin escarpé, en bord de mer, pour arriver à la maison. Constance, notre troisième sœur – demi-sœur, puisqu'elle est la fille de Paul Guimard, notre beau-père – habite à quelques kilomètres de là avec Jean-Jacques, son compagnon, mais elle est malade, et incapable de s'occuper de maman.

On se regarde, les larmes aux yeux : ce n'est pas seulement la vie de notre mère qui va changer, mais la nôtre aussi… *Ô temps, suspends ton vol*, mais le temps n'en fait qu'à sa tête et nous décidons, en commandant un second verre, qu'on réglera tout ça en septembre, à son retour de Doëlan.

Pour faire sourire Lison, je lui raconte l'histoire du patient qui va voir son médecin car il a des problèmes de mémoire :

« Bon, lui dit le docteur après divers examens, j'ai deux nouvelles : une bonne et une mauvaise. Par laquelle je commence ?

— Par la mauvaise.

— Eh bien, vous avez la maladie d'Alzheimer. »

Le patient digère lentement puis demande :

« Et la bonne ?

— Dans dix minutes, vous aurez oublié. »

Le soir, nous dînons chez Lison. Maman est charmante, elle a effectivement tout oublié ! Car c'est bien un Alzheimer. Il ne faut plus qu'elle reste seule, ni qu'elle conduise. En revanche, son cœur est bon même si son cerveau, moins irrigué, ne contrôle plus très bien les commandes. On ne peut ni prévoir ni prévenir un accident nocturne. J'ai un peu honte mais je me dis que ce serait bien qu'elle meure dans son sommeil.

Comme chaque année, donc, elle devait partir pour la Bretagne, accompagnée de M. Olympio, notre fidèle chauffeur de taxi qui, depuis un an ou deux, l'installe dans son wagon avec ses bagages. À l'arrivée, Jean-Jacques l'attend devant ce wagon et l'emmène chez elle. Mais cette fois-ci, quand on s'est aperçues que Quimperlé – sa gare d'arrivée – n'était pas le terminus, on a paniqué. Et si elle s'endormait, si elle descendait avant ou après, si elle oubliait ses valises ? À la dernière minute, nous lui prenons un billet d'avion, en demandant qu'elle soit *accompagnée*, comme les enfants qui voyagent seuls.

Vu son âge, le personnel d'Air France l'a installée de force dans une chaise roulante alors qu'elle marche très bien. Elle a fait un scandale, ma pauvre petite maman, mais elle a été obligée de s'incliner, c'est-à-dire de s'asseoir ! Dans la bagarre, elle a oublié un sac dans la salle d'embarquement. Nous avons alors compris qu'elle ne pourrait plus jamais voyager seule.

Trois jours plus tard, nous la rejoignons à Doëlan pour le week-end. Elle est heureuse de nous accueillir, plutôt en forme et contente d'être dans sa Bretagne chérie. Bien sûr, elle nous répète dix fois la même chose, et elle a oublié les langoustines et le poisson pêché du matin qu'elle achète traditionnellement pour fêter notre arrivée.

Comment va se dérouler son été ? On se rassure en se disant que Jean-Jacques passera régulièrement la voir. La femme de ménage viendra tous les jours deux heures. Elle recevra aussi la visite de la fidèle Denise Bombardier et de son mari, Jim, début août. Ce seront les seuls visiteurs cette année. Ils sont peu nombreux ceux qui ont encore envie de passer quelques jours avec elle. Il n'y a que les vrais fidèles, mais ils se comptent sur les doigts d'une main. Hier, une reine du monde, aujourd'hui une vieille femme qui perd la tête et qu'on n'invite plus nulle part. Mais elle nous a nous, ses filles, on l'aime et on l'entoure, et on fait ce qu'on peut pour lui rendre la vie la plus douce possible.

Maman ne cicatrise plus comme avant, ce qui est normal à son âge, mais elle ne veut pas l'admettre. Une fois de plus son chat l'a mordue à la cheville. On ne le découvre qu'aujourd'hui car elle attend toujours que la plaie devienne ulcéreuse pour nous le dire. C'est la troisième fois que ça arrive… À nouveau, il faut organiser la venue d'une infirmière, tous les matins, pour désinfecter et refaire le pansement. Pourtant, Apple, le chat, la mord à peine : c'est comme un baiser d'amour, un baiser traître de chat. Mais la peau de maman est tellement fine et fragile qu'il y en a, à chaque fois, pour deux mois de soins.

Heureusement, l'été, le chat reste à Hyères avec son autre maîtresse, Toumie, notre amie de jeunesse qui s'est installée dans le Var, juste au-dessus de chez nous. Elle est psychanalyste et maman est friande des anecdotes qu'elle lui raconte sur ses nouveaux patients. Elle reçoit beaucoup d'hommes ici. D'après elle, les Méditerranéens ont un rapport aux femmes différent de celui de ses patients parisiens : avec leur mère, en particulier, dont ils restent éternellement le fils chéri. Elle dit que c'est une des raisons qui en font, plus qu'ailleurs, des machos. Ils doivent cacher le petit garçon tapi en eux pour devenir un homme. Cela plaît beaucoup à maman !

Cette nuit, elle s'est levée pour faire cuire des pommes de terre. Et elle les a oubliées. Par chance, la maison est sonore et on l'entend aller et venir. On éteint la plaque électrique, on la recouche.

Ce matin, à brûle-pourpoint, elle me dit : « Je me demande comment je vais mourir… »

Je sursaute, car jamais elle ne parle de sa mort. Comme je l'encourage à continuer, elle envisage plusieurs hypothèses et conclut : « L'idéal, bien sûr, c'est de mourir dans son sommeil. Sans angoisse, sans panique, sans souffrir surtout… Mais cela arrive rarement. »

Elle nous suit pas à pas dans la cuisine en essayant de se rendre utile. Mais elle fait tout de travers. « Laisse, maman, laisse, on va le faire » est la phrase que nous avons le plus prononcée pendant ce week-end.

Je lis un passage de son journal de 1948, quand elle était enceinte de Lison. Notre père, Georges de Caunes, est alors un jeune journaliste assez aventurier. Envoyé spécial de la Radiodiffusion, il est parti au Groenland pour la première mission de Paul-Émile Victor. Samivel et Jean Malaurie sont du voyage. Papa dira plus tard qu'il a découvert *un pays plus secret que le Tibet* et qu'il en est tombé amoureux. Il y retournera d'ailleurs en 1949 et en 1951. Ma pauvre maman est donc seule avec moi, qui n'ai que seize mois, et avec son ventre énorme de huit mois. Elle nous a souvent raconté cette solitude d'autant plus grande que les moyens de communication, à l'époque et dans ces terres perdues dans les glaces, étaient rudimentaires. Et puis le bébé arrive ; il hurle et vomit tout le temps – bravo Lison, et ne viens pas me dire que c'est l'absence du père ! Il y a sans cesse des couches à laver, à la main bien sûr et avec un grattoir. Et des biberons, des biberons… Et toujours pas de père. Il a pris le chemin des écoliers (des écolières plutôt !) avant de rentrer. Officiellement, il doit interviewer Céline, au Danemark, et il ne se presse pas. Je ressens une immense commisération pour cette jeune femme si amoureuse, et si docile encore, et j'ai envie de la serrer dans mes bras. Heureusement, Paul Guimard, mon parrain choisi par papa dont il était le meilleur ami, vient la voir tous les jours à la maternité. À la sortie, on lui a présenté la note et il a dû préciser qu'il n'était pas le père… Deux ans plus tard, il devenait notre beau-père !

On ne laisse plus maman conduire. Parce qu'on a peur et parce qu'elle est un danger public. Mais que se passera-t-il après notre départ ? Elle a besoin de sa voiture pour faire son marché au village, ou pour aller voir Constance qui ne se déplace plus. Et puis, elle tient absolument à conduire. Comment l'en dissuader ? Elle ne veut rien entendre et nous n'avons pas le courage de le lui interdire.

Une vraie conversation, ce matin :

« Comment tu vis la solitude, toi ?

— Mais maman, j'ai 69 ans, je travaille, j'ai plein d'amis, un amant, une fille et une petite-fille, et j'aime la solitude. Mais ma solitude est choisie, volée même, à ma vie hyperactive. Toi, tes amis sont morts ou malades, tu ne peux plus faire ce que tu aimais... C'est la vieillesse qui est une saloperie, pas la solitude.

— Oui, c'est ça, tu as raison. »

Nous rentrons à Paris assez inquiètes. Mais nous n'avons rien changé à nos vacances. Lison reviendra fin juillet, et moi fin août, comme prévu. Sans doute parce qu'on ne mesure pas encore la gravité de la situation ; ou qu'on ne veut pas la mesurer. Mais aussi parce qu'on est égoïstes. C'est maman qui nous a appris à l'être, elle pour qui l'égoïsme a toujours été quelque chose de sain, de vital même. Je sais qu'elle nous donnerait sa bénédiction.

Merci maman !

On apprend par Jean-Jacques qu'elle achète n'importe quoi, ce qui n'est pas grave. Plus ennuyeux, elle oublie souvent dans le coffre de sa voiture le poisson et les fruits de mer qui pourrissent sous le soleil. Il nous dit aussi qu'elle se perd en allant les voir et qu'ils l'attendent en vain. Pourtant, elle connaît la route par cœur ; elle connaissait la route par cœur…

Un matin, il a retrouvé une casserole et des pommes de terre carbonisées, et la maison ouverte à tous les vents, maman partie Dieu sait où, alors qu'elle lui avait dit, vingt minutes plus tôt, qu'elle l'attendait.

Cela ne peut plus durer, ça devient trop dangereux. On doit agir, même si ça nous fend le cœur. Jean-Jacques est chargé de subtiliser ses clés de voiture, sous le prétexte d'une panne. Et nous engageons, en plus de la femme de ménage, une aide-soignante qui vient le soir l'aider à préparer son dîner et à faire sa toilette. Non sans mal, paraît-il… Jean-Jacques s'occupe des courses ; et se fait engueuler ! Il lui a dit que, vu son âge, elle ne pouvait plus conduire, ce qu'elle n'a évidemment pas supporté.

Maman à son amie, Michèle Rossignol, au téléphone : « J'arrive demain à Paris, je vais très bien. »

Michèle m'appelle :

« C'est vrai ?

— Bien sûr que non, Michèle, il ne faut plus rien croire de ce qu'elle dit. »

Elle se plaint beaucoup de l'absence de sa voiture : « Tu peux faire quelque chose, toi, pour que je la récupère vite ? » Hypocrite, je promets de m'en occuper.

À Lison, elle demande par lettre : « Est-il exact qu'on n'a plus le droit de conduire après 80 ans ? Peux-tu me dire l'usage exact et quelles sont les sanctions ? Et est-ce la même chose dans le Finistère Sud ? Prière de m'envoyer les précisions. » Le tout écrit sur un infâme papier, déchiré sur le côté ; si loin de ses beaux papiers à lettres, bleu, jaune ou vert, imprimés à son nom.

Je retrouve une lettre de moi que maman m'a renvoyée, annotée dans les marges et entre les lignes, datée de 2012. Elle se plaint des examens médicaux qu'on lui fait passer, sans raison, prétend-elle. C'était l'année de son cancer rectal : « Je n'ai aucun symptôme inquiétant : malaises ou autres. Les examens du mois dernier étaient parfaitement superflus, coûteux et inutiles. En plus, la mort me paraît tellement naturelle et même souhaitable à 92 ans ! J'y suis résignée, vous serez bien plus tranquilles et pourrez disposer de votre avenir – et de mes biens – qui vous feront la vie douce, j'espère. Tout ça est pesant et superflu, ma chérie. Je n'ai rien de suspect. »

Un mois plus tard, on l'opérait. Je suis toujours partagée entre l'admiration et l'irritation devant sa façon de nier la réalité. Même si je suis bien obligée d'admettre que cela ne lui a pas si mal réussi…

Fin août, je passe quelques jours avec elle à Doëlan, avant de la ramener à Hyères. Nous avons une signature à Pont-Aven pour mon roman, *L'Involontaire*, réédité en janvier – trente-neuf ans après sa sortie – et, bien sûr, pour tous les siens. Elle a encore son esprit, son sens des mots. Dans la voiture qui nous emmène, elle admire ma tenue, soi-disant sexy : « Tu vas être la pin-up et moi la pin-down ! »

Un journaliste de *Ouest-France* vient m'interviewer. Maman écoute, l'air assez mécontent, et dit soudain : « Mais tu prends ma place ! »

Pourtant, j'ai été discrète : pendant trente ans, je n'ai presque plus rien écrit. La statue de la *Commandeuse*, l'écrivaine connue et reconnue, la femme exceptionnelle m'en ont sûrement empêchée. Mais avec ce livre qui ressort, je marche sur ses plates-bandes, et comme elle me le répète : « C'est toi la star ! » Ce qui ne lui plaît pas vraiment, même si elle prétend le contraire. J'éprouve le sentiment désagréable de *tuer la mère.* En plus, tu ne peux même plus écrire, ma pauvre maman chérie…

Souvent on m'a demandé quelle mère était Benoîte Groult : cette intellectuelle, féministe de surcroît, avait-elle un cœur, des tripes, ou simplement du temps à nous consacrer ? Eh bien oui, ô combien… Elle nous aimait d'un amour inconditionnel, nous soutenait et nous admirait, souvent au-delà du raisonnable ! Cela ne l'empêchait pas de nous contredire mais, intelligemment, elle ne s'opposait jamais à nous de front. Elle a toujours préféré avaler des boas de peur de nous voir – de me voir surtout, car j'étais provocatrice – claquer la porte et disparaître avec un amoureux de passage. Elle voulait me garder sous son regard, dans sa zone d'influence, persuadée qu'ainsi je ferais moins de bêtises. Elle avait raison ! D'ailleurs, il suffisait de voir sa tête pour comprendre ce qu'elle pensait d'un homme ou d'une tenue : et justement, elle n'aimait pas du tout ma façon de m'habiller. Je portais des minijupes, des cuissardes et des pulls moulants. Tout ce qui la hérissait. Elle me disait : « Blandine, tu as oublié de mettre ta jupe, ce matin ; tu n'as que ta ceinture… » En fait, je lui rappelais sa mère, Nicole, une grande coquette qui adorait séduire. Jeune fille, maman était tétanisée devant elle, d'autant plus que Nicole avait tout réussi avec brio : sa maison de couture était réputée, elle était amie avec les plus grands artistes de son temps, elle avait plein d'amoureux – et d'amoureuses ! – et son mari l'adorait… Difficile d'exister en face d'une femme qui signait ses lettres *Bételgeuse*, du nom de l'étoile la plus brillante de la constellation d'Orion : mille fois plus grosse que le Soleil, et cent mille fois plus lumineuse. Ma mère se sentait terne et en rajoutait dans son côté intello, bûcheuse et, surtout pas coquette. Un crime pour Nicole ! Et moi, j'étais comme elle : « Épouvantablement féminine », disait maman.

Elle achète à tort et à travers, et elle nie. Je n'ai pas pu m'empêcher de lui mettre sous le nez cinq sécateurs, même pas déballés. Je n'ai pas sorti les autres, plus ou moins usagés. À quoi ça sert ? N'est-ce pas cruel de ma part ? Mais j'essaie de la faire revenir dans le monde normal, je refuse encore l'évidence de sa maladie.

« Comment vas-tu maman, ce matin ?
— Comme un charme ! »

Demain, nous rentrons à Paris où nous passerons quelques jours avant que je la ramène à Hyères. Fermer la maison et faire ses valises nous a pris la journée : elle veut absolument tout prendre, alors qu'elle possède tout en double dans sa maison de Hyères, et même à Paris. J'ai dû batailler ferme.

Vers 2 heures du matin, elle est entrée dans ma chambre, tout habillée, persuadée que c'était l'heure du train et que j'étais en retard.

À Paris, nous installons maman chez Lison qui a un ascenseur et une belle terrasse fleurie où elle pourra prendre le soleil. Nous n'osons plus la laisser seule, rue de Bourgogne, avec le risque qu'elle s'enfuie et se perde, qu'elle mette le feu à la maison, ou qu'elle tombe dans l'escalier. Nous avons donc engagé, pour cette semaine parisienne, notre petite cousine, Martine Groult, pour la garder pendant la journée. Elle arrive à 9 heures, fait les courses et le déjeuner, l'emmène se promener. Elles parlent beaucoup de la famille et du passé. Maman est ravie !

Ma sœur a la chance d'avoir son atelier de marqueterie de paille au rez-de-chaussée de son appartement et peut la surveiller, de loin en loin. Maman adore venir admirer ses réalisations. Lison recouvre de paille des meubles, des objets ou des panneaux muraux. Elle a pris la suite de notre grand-père, André Groult, décorateur célèbre dans les années 1920 et 1930, qui a beaucoup travaillé la paille et le galuchat. Aujourd'hui, ses meubles sont dans des musées et chez de riches collectionneurs. Comme lui, Lison travaille pour le monde entier – pas de crise dans le luxe ! – et elle a huit salariés dont Pauline, sa fille cadette, et Marie de Caunes, notre demi-sœur. Je n'en reviens pas de la voir à la tête d'une véritable entreprise. Personne dans la famille n'en revient ! Et maman est heureuse qu'elle continue l'œuvre de son père.

Tous les jours, maman nous demande d'aller chez elle, rue de Bourgogne. Elle veut voir son courrier, ranger ses papiers, retrouver ses affaires. « Demain, maman, demain ! » Mentir, mentir… Nous sommes entrées dans le pays du mensonge. Mais à quoi bon la perturber ? D'ailleurs, elle n'insiste pas. Son esprit va et vient, comme s'il jouait à saute-mouton. Elle pose des questions sans attendre de réponses et elle énonce des vérités premières comme s'il s'agissait de pensées profondes.

Ce qui nous frappe, Lison et moi, c'est qu'elle n'appelle plus personne : elle parle de le faire, mais elle ne prend jamais le téléphone.

Ma fille Violette, qui vit à Servoz – à côté de Chamonix –, nous rejoint à Paris avec sa petite Zélie, 8 ans, pour voir leur grand-mère et arrière-grand-mère. Je suis heureuse qu'elles soient toutes les trois si proches, malgré la distance géographique. Maman admire Zélie et son attention aux choses et aux gens. Elle est sidérée de la voir si agile avec les jeux électroniques auxquels elle-même ne comprend rien ; moi, pas beaucoup plus ! Elle a adoré le jeu dans les fonds sous-marins avec un requin dévoreur de poissons. Dès qu'il est question de la mer, maman se sent en territoire connu et ça la passionne.

Violette et elle s'écrivent de longues lettres… Enfin, elles s'écrivaient… Ma fille est très protectrice avec sa grand-mère et l'appelle régulièrement, surtout depuis que maman n'est plus la femme toute-puissante de son adolescence. À l'époque, il faut dire que ni elle ni moi n'étions enthousiasmées par ses choix professionnels qui sortaient du schéma familial. Elle voulait sans doute échapper à notre emprise… Elle a fait une formation en herboristerie – sans diplôme officiel puisque Pétain l'a supprimé – puis elle a suivi une formation pour devenir naturopathe et kinésiologue. Elle a enchaîné avec les soins énergétiques, le magnétisme et le Reiki en passant par la lithothérapie. Des domaines dans lesquels on était incapables de la conseiller, mais c'était sans doute ce qu'elle voulait.

« Moi, je ne suis pas une littéraire », claironnait-elle, enchantée de nous provoquer. À vingt ans, elle a ouvert son premier cabinet dans l'Essonne, où elle vivait à l'époque. Ensuite, elle s'est installée à Chamonix où elle a épousé Pierre, un sportif entraîneur de l'équipe de France de hockey sur glace, après avoir été un grand joueur. Elle y a ouvert un magasin bio, le premier dans la vallée, puis un nouveau cabinet, à Servoz, qui ne désemplit pas. Je suis très fière d'elle ! D'autant qu'elle mène de front cette vie professionnelle intense avec la garde, une semaine sur deux, des trois filles que Pierre a eues d'un premier mariage. Sans oublier Zélie, née en 2006.

Nous déjeunons au soleil sur la terrasse de Lison avec ses deux filles, Clémentine et Pauline. Tout ce monde est féminin – puisqu'on ne sait faire que des filles ! –, joyeux et complice. Violette et Clémentine ont à peu près le même âge et elles ont été élevées ensemble. Elles sont comme deux sœurs, même si leurs choix de vie sont différents : Clémentine est journaliste littéraire et musicale pour *Elle*, *Vanity Fair*, *Le Monde magazine*. Elle voyage beaucoup, surtout aux États-Unis, pour faire des interviews. Elle est célibataire, sans enfant. Elles se complètent et chacune trouve dans l'autre ce qu'elle n'est pas et ce qu'elle n'a pas. C'est émouvant de les voir perpétuer la tradition familiale de sororité : maman et Flora d'abord, si proches et si différentes, comme Lison et moi, et comme elles deux maintenant.

Depuis cet été, je lis le journal intime de maman qui, comme sa sœur Flora, en a tenu un toute sa vie.

Au départ, il s'agissait d'une obligation instituée par leur mère qui considérait cet exercice comme un bon moyen de connaître les sentiments de ses filles, autant qu'une excellente façon de s'exercer à l'écriture… Pour Nicole, rien n'était plus important que le style, et les seules personnes intéressantes, à ses yeux, c'étaient les artistes. Flora et maman devaient régulièrement lire leur journal à haute voix, et ma grand-mère s'érigeait en implacable critique littéraire. Le pli était pris et ses deux filles devinrent écrivaines !

J'avais déjà lu, en cachette, certains passages de son journal. Si je m'y attelle aujourd'hui, c'est bien sûr pour le bonheur de retrouver maman telle qu'en elle-même, mais aussi parce que j'ai décidé, encouragée par notre chère amie Mona Ozouf, de mener à bien la publication de son *Journal d'Irlande*. Avec ce texte elle voulait clore en beauté sa carrière littéraire. Paul et elle ont passé vingt-sept étés en Irlande, dans la petite maison qu'ils y avaient fait construire pour s'adonner à leur passion commune, la pêche. J'ai décidé de réaliser ce travail que la maladie l'a empêchée de mener à bien. Comme un cadeau, le plus beau que je puisse lui faire.

En 2011, maman écrit :

« Dans la vie, deux mondes se côtoient : celui des gens qui vont vivre et celui des gens qui vont mourir. Ils ne parlent plus la même langue. Ils se croisent sans se voir. Ceux qui vont vivre n'ont plus de temps à perdre. Ceux qui vont mourir quêtent un sourire, une aide, un merci… Peine toujours perdue. À quoi bon investir, même quelques secondes d'attention envers des gens qui n'ont plus aucun pouvoir ? »

C'est terrible pour Lison et moi, de la voir s'éloigner du « monde des gens qui vont vivre ». C'est terrible de la voir perdre la main sur sa vie et devenir celles qui prennent la main sur sa vie…

Alain Mazza, le père de Violette, un Chamoniard avec qui je suis restée mariée quinze ans, est à Paris pour deux jours. Il vient dîner avec nous pour voir maman qu'il aime beaucoup. Nous sommes restés proches, même après son second mariage. Tellement proches qu'il a demandé à l'ex-mari de Lison d'être le témoin de ce deuxième mariage. Lison et moi étions aussi invitées et c'était insolite et chaleureux de retrouver toute notre famille reconstituée, autour de nos deux ex !

Alain a été lui aussi un grand hockeyeur, avant de devenir architecte. Il vient d'un milieu modeste et c'est le sport qui lui a permis de faire des études. J'ai une grande admiration pour lui, comme pour tous ceux qui ont dû se battre, moi qui suis née avec une cuillère d'argent dans la bouche. Son cabinet marche très bien, il a du talent, il est tenace, et il a toujours des projets ambitieux. Violette tient de lui son côté entreprenant. Outre son métier officiel, elle n'hésite pas à se lancer dans des affaires immobilières – comme papa – qui me font trembler.

Maman est contente de le retrouver : elle a beaucoup regretté notre divorce. Pas pour moi qui l'ai voulu, mais pour lui qu'elle perdait. Je les observe et je pense que c'est peut-être la dernière fois qu'ils se voient.

« Vous êtes toujours aussi incroyable, lui dit-il, d'une jeunesse… »

C'est vrai que physiquement elle est bien mais, comme elle le disait à Paul, autrefois : « Faire dix ans de moins à 80 ans, quel intérêt ?! »

Elle a toujours détesté vieillir. En 2007, elle avait répondu à une interview dans le magazine *Psychologies* que l'âge, contrairement à ce qu'on prétend, n'apportait rien : « On vous dit : il y a la sagesse. Mais c'est une blague. Évidemment que vous êtes sage : vous ne pouvez plus faire de folies. Mais c'était si bien d'en faire ! Et de se tromper ! Et de faire des erreurs ! »

À Hyères, j'organise la nouvelle vie de maman. Deux dames se relaient du matin au soir, plus Mireille qui s'occupe de la maison depuis dix ans. Notre amie Toumie passe aussi régulièrement ainsi que le docteur P., en qui j'ai une entière confiance.

Nous avons décidé, Lison et moi, que nous irions chaque mois un week-end à tour de rôle. Sommes-nous égoïstes de ne pas venir plus souvent ? Oui, mais nous travaillons beaucoup toutes les deux, nous avons nos enfants, nos amis, nos amours, bref nos vies… Et c'est ainsi qu'on survit, en refusant d'être *esclavagisées* et de tout donner. On donne beaucoup, mais pas tout car, à nos âges, on sait que le bon temps est compté et qu'il faut le vivre pleinement.

Depuis notre arrivée, maman est très agitée. Je crois que ces deux longs voyages, les changements de paysages et de personnes, l'ont beaucoup perturbée. Mais je sais qu'elle sera bien dans cette maison où elle aime tant vivre, entourée des meubles de son père, André Groult, des tableaux de sa marraine, Marie Laurencin, et de tous ses souvenirs. Même si elle ne jardine plus, elle profite encore de son jardin, le climat est doux, les voisins attentifs. Elle descend faire ses courses à pied, dans la vieille ville où tout le monde la connaît et la protège. Si elle perd son sac, on le lui rapporte. Si elle se perd, on la raccompagne.

Il y a encore un vrai échange entre nous, enfin presque. Désormais, nous devons apprendre à lui mentir. Je me vois, je m'entends, la traiter comme une petite fille, ma petite fille soudain, pour ne pas la blesser. Bien sûr, elle veut continuer de conduire et, depuis notre arrivée, elle me réclame sans cesse ses clés de voiture. J'argumente, j'essaie la sévérité et la douceur, et j'oscille entre le désir de lui laisser cette ultime liberté et la raison qui me commande de l'empêcher de se tuer ou, pire, de tuer. Nos filles sont impitoyables, et elles nous engueulent : nous sommes faibles et irresponsables, disent-elles. Elles ont raison, mais elles ne savent pas – pas encore – combien il est difficile et douloureux de devenir la mère de sa mère. Cet été, en Bretagne, nous avions prétexté une panne. Cette fois-ci, je décide d'être sans pitié et de frapper un grand coup.

Je commence par des raisons raisonnables.

« Tu n'as plus de réflexes, maman, si tu devais repasser ton code tu serais recalée. Tu as aussi embouti la Modus en Bretagne.

— Mais non, je conduis très bien et je n'ai jamais eu d'accident.

— Peut-être, mais tu n'as jamais eu 95 ans non plus… Et d'ailleurs, ton médecin te l'interdit.

— Mais je m'en fous de mon médecin, personne n'a le droit de m'interdire de conduire, il n'y a pas de loi pour ça. »

Ce qui est vrai, hélas ! Il faut que je sois implacable.

« Maman, tu es malade, tu as des problèmes neurologiques, tu n'as plus de réflexes ni aucune mémoire.

— Pas du tout, j'ai une mémoire parfaite… quelques oublis, comme tout le monde, mais tout va bien.

— Non, maman, tu ne te souviens de rien, tu ne sais plus à quoi correspondent les panneaux, sauf peut-être les sens interdits.

— Personne ne peut m'empêcher…

— Si, moi ta fille aînée, je te l'interdis. C'est mon devoir, vis-à-vis de toi et vis-à-vis des autres. Ce n'est pas négociable et Lison est d'accord avec moi. »

Elle se fige, elle se ronge les ongles – signe de perplexité chez elle –, le regard dans le vague.

« Alors la vie ne vaut plus d'être vécue, me dit-elle d'une petite voix déjà vaincue.

— Ça, il n'y a que toi qui peux le décider, maman… »

Je m'en veux terriblement de lui assener tout ça, mais comment faire autrement ?

Je fais le tour du jardin, avec le jardinier, donnant les instructions qu'elle ne peut plus donner. Elle nous suit pas à pas, son carnet à la main, et elle essaie de noter : « Tu m'expliqueras tout, chérie, après… – Oui, maman. » Ce jardin qu'elle a créé *ex nihilo* et qui lui échappe. Comme le reste. Pathétique.

Elle ne sait plus mettre le couvert : elle pose sur la table des assiettes dépareillées et du sopalin en guise de serviettes, elle qui ne les supportait qu'en tissu… Dans la cuisine, elle me suit à la trace ; elle me colle ! À la fois parce qu'elle veut profiter de chaque seconde de ma présence et parce qu'elle essaie toujours d'être utile. Comment lui en vouloir ?

Je lis dans *Var-Matin*, ma lecture quotidienne ici : « Mme Barrière fête ses 100 ans entourée de sa nombreuse descendance ». Elle a l'air ahuri, Mme Barrière, avec sa coupe de champagne à la main ! Plus loin : « Mme Lepic s'est éteinte à 104 ans. »

Ces vieillardes m'affolent. Maman n'a que 95 ans, mais son état se dégrade vite. Qu'en sera-t-il dans six mois, dans un an ? Combien de temps pourrons-nous la garder à la maison, même bien entourée ? Questions lancinantes. C'est terrible de souhaiter la mort de sa mère, mort qu'elle souhaiterait si elle était encore elle-même, elle qui a milité pour le droit de mourir dans la dignité et qui a écrit un livre, *La Touche étoile*, pour réclamer ce droit.

Elle se maquille, hélas ! C'est une douleur de la voir avec du rose trop rose sur les joues, du bleu trop bleu sur les yeux et un rouge tremblé autour de la bouche. J'estompe doucement, et bien sûr, je pense à la folle de Chaillot.

Oh non, pas maman… Eh bien si, maman.

Le ton presque accusateur d'une vague connaissance croisée en ville, qui l'a vue signer ses livres en avril dernier, à la fête du livre de Hyères, quand je lui dis qu'elle a beaucoup baissé : « Oh, mais elle était en pleine forme… J'ai même parlé avec elle… »

Peut-être, mais elle n'a pas vu que Lison et moi ne l'avions pas quittée une seconde, assises à ses côtés, pour lui noter les noms des gens pour les dédicaces. Des gens qu'elle n'identifiait pas mais auxquels elle répondait invariablement : « Oui, bien sûr que je vous reconnais ! »

La même ajoute, perfidement, qu'elle croise souvent maman faisant ses courses avec son caddie. Oui, mais il reste vide ce caddie, avec parfois un énième paquet de biscottes ou de riz. Désormais, on lui fait ses courses. J'ai envie de lui dire : « Mais venez donc passer un après-midi chez nous… Vous verrez. »

Je rentre de la plage où je suis allée me détendre ; j'y suis restée une heure exactement, comme prévu et répété. Mais à mon retour, je trouve maman assise dans l'entrée, catastrophée et persuadée que j'étais morte : « Tu ne m'avais rien dit, j'ai eu si peur. »

Pendant tout le déjeuner, elle se gargarise de cette idée : « Tu te rends compte, la notice nécrologique… Sa vieille mère de 95 ans lui survit ! Et pour ton livre, ça boosterait les ventes. J'ai eu si peur… Du coup, je vais manger cette dégoûtante salade de tomates que tu m'as préparée, et que je déteste. »

Pour ne pas perdre la face, elle ment effrontément. Elle raconte à son amie Nicole Brétillard qu'elle conduit régulièrement et, à Denise Bombardier, qu'elle est tout le temps seule. Certes, elle dort encore seule, et bien, grâce aux somnifères qu'elle prend depuis soixante ans. Mais jusqu'à quand ? Ne sommes-nous pas imprudentes, Lison et moi ? Et si elle s'enfuyait dans la nuit et se perdait ?

Maman a toujours été dans le déni de ce qui la dérangeait. Cela lui a réussi longtemps, mais j'ai l'impression que ça l'a empêchée de vivre sereinement sa vieillesse ; autant que faire se peut, en tout cas. Elle n'a jamais su, ni voulu, s'adapter : abandonner le ski, le vélo, la pêche, des deuils insurmontables et elle a usé ses forces dans un combat perdu d'avance. Je lui en veux de ce que je considère – à tort ? – comme de l'orgueil mal placé. Avec Lison, on se dit tout le temps : « On ne fera pas comme elle. » Mais il ne faut jurer de rien.

Moi, j'ai eu la chance de n'avoir plus envie de faire ce que je ne pouvais plus faire : skier, danser... J'aimais tellement danser que longtemps, pour assouvir cette passion, j'ai choisi comme amoureux des hommes qui tenaient des boîtes de nuit. Et puis, ça m'a passé. Sagesse ou chance ? Un peu des deux, sans doute.

Pourtant, maman avait tout pour vivre une vieillesse heureuse, comme elle le disait souvent à Paul, vers la fin de sa vie, alors qu'il avait renoncé à se battre. Paul, l'homme qui m'a élevée et que j'aimais tant. Paul, cet épicurien, ce jouisseur des *Choses de la vie* – titre d'un de ses plus beaux romans – qui a décidé de renoncer sans jamais se rebeller ni se plaindre. Il a tout accepté, distant, royal même, face à son corps qui le trahissait. Il réussissait encore à séduire l'infirmière qui lui donnait sa douche tous les soirs ! Pour lui, se battre contre l'inéluctable, c'était déchoir. Et il a préféré se retirer du monde avant que le monde se retire de lui. Comme son héros dans *L'Âge de Pierre*, qui se pétrifiait, peu à peu, dans sa maison d'Irlande où il était venu pour mourir : *Je ne souffre pas d'une maladie, mais d'une forme inhabituelle de la vieillesse, la version physique de l'indifférence... J'ai dénoué les liens qui me retiennent aux autres afin d'attendre paisiblement... le signal m'invitant à sortir de la vie.*

Hélas, dans la vraie vie, on ne se transforme pas en pierre, alors Paul est resté couché de plus en plus longtemps, de plus en plus souvent. C'était assez sinistre pour maman qui assistait, impuissante, à ce lent engloutissement.

Chaque jour, nous jouons à la chasse au trésor : en l'occurrence, le trésor ce sont ses appareils auditifs, sans lesquels elle n'entend plus rien. On finit par les retrouver, toujours dans des endroits improbables.

Nous dînons chez Toumie, avec un couple que maman aime bien. Mais ce soir, elle est absente : elle écoute, mais je vois qu'elle s'accroche pour suivre la conversation qui va trop vite pour elle. Du coup, elle ne dit rien, ou presque. Où est maman ? Où est Benoîte Groult ?

Je rentre à Paris le cœur lourd et, en même temps, soulagée d'échapper à ce tête-à-tête (si on peut dire) si plat, si répétitif. Mais je me sens coupable, et je m'en veux, de tout ce que je n'ai pas fait pour elle : lui masser les bras et les jambes avec une crème hydratante, comme j'y ai pensé plusieurs fois en caressant sa peau desséchée et parcheminée. Maman si émouvante dans sa fragilité...

Maman m'appelle sur mon portable, ce qui est rarissime maintenant.

« Allô… Blandine ? »

Sa voix est hésitante.

« Je voulais savoir si tu viens déjeuner avec moi ?

— Hélas non, maman, je suis à Paris, au bureau.

— Ah oui, bien sûr. Il y a quelqu'un qui doit déjeuner avec moi, mais je ne sais plus qui et je ne sais plus où… Bon, ma chérie, je ne vais pas t'emmerder plus longtemps.

— Mais tu ne m'emmerdes jamais, maman chérie.

— Tu reviens quand ? C'est long sans toi. »

Jamais elle ne disait ça, avant…

Elle ne se lave plus beaucoup… mais, de son corps, elle veut rester la maîtresse, ce que je comprends parfaitement. Je l'appelle pour lui dire qu'il faut qu'elle accepte de prendre un bain avec l'aide de H., une des dames qui m'ont alertée. Elle ne peut plus ni entrer ni sortir de la baignoire.

« Mais pas du tout, j'y arrive très bien.

— Mais non, maman, tu n'y arrives plus.

— Pas question, je ne veux pas, me répète-t-elle avec virulence.

— Alors, ce sera une infirmière qui te donnera une douche, comme l'a conseillé le docteur P.

— Pas question, NON, NON, NON.

— Tu vas sentir mauvais, maman, il faut qu'on te lave.

— NON, NON, NON. »

Au bout de cinq minutes, je renonce et je reprends mon ton tendre pour lui souhaiter une bonne nuit :

« Je t'embrasse très fort, ma petite Mine.

— Moi aussi, ma chérie, très fort. »

Mais elle s'est plainte à Lison, le soir même : « Blandine veut régenter ma vie, mais je vais très bien et j'ai toute ma tête. Je ne veux pas finir comme Paul. »

Il y a peu de chances, maman, rassure-toi !

Ce matin, la fidèle Mireille m'appelle pour me dire que la cheville de maman a doublé de volume. Le docteur P. a diagnostiqué une entorse. Dieu sait comment elle se l'est faite… Heureusement, ce n'est pas trop grave.

Mireille a aussi découvert que maman a arraché les fils de l'alarme qui sont pourtant fixés très haut : sans doute avec un manche à balai. Dans quel but ? Peut-être que la petite ampoule qui clignote l'inquiétait… Elle a également arraché les fils du téléphone de la chambre d'amis. Tout ça dans la nuit, pendant les quelques heures où elle est seule. Il ne faut plus la laisser seule, ça va mal finir.

Oui, ça va mal finir, c'est sûr.

Violette est chez moi depuis deux jours pour commercialiser le *Tarot de l'Évolution,* qu'elle vient de créer. C'est un bel objet, protégé dans un petit sac en satin crème, avec son logo brodé en rose.

Car ma fille est médium ! À 12 ans déjà, elle m'avait demandé de lui acheter une boule de cristal et un jeu de tarot pour prédire l'avenir à ses amis et aux miens. Aujourd'hui, elle continue dans son cabinet et ça marche très fort.

Une fois de plus, j'admire son esprit d'entreprise.

Je suis heureuse de la voir bien dans sa peau ; heureuse de nos relations apaisées. Je n'étais sans doute pas une mère facile – mais quelle mère l'est pour sa fille ? – et longtemps elle m'a reproché de faire passer mon métier avant tout. Mais mon métier d'attachée de presse, je l'ai commencé à 40 ans, juste après mon divorce, et il fallait que je mette les bouchées doubles. Et si je l'avais laissée à Chamonix, le temps de faire mon trou à Paris, elle me l'aurait reproché aussi. En fait, elle m'en voulait d'avoir quitté son père, et de l'avoir déracinée… Et moi, j'étais déchirée entre mon amour pour elle et mon amour pour mon métier.

D'accord, on est une lignée de mères fortes et ce n'est pas évident de trouver sa place. Maman a connu ça, et moi aussi avec elle. Mais il faut bien digérer sa mère, un jour !

Ce week-end, c'est le tour de Lison. Maman ne va pas trop mal. L'infirmière, qui vient maintenant tous les soirs, lui a expliqué qu'au début maman ne voulait pas se laisser faire. L'infirmière a commencé par lui passer un gant sur les pieds et les mollets, le lendemain elle a fait en plus le cou et le visage, le surlendemain le dos et, le quatrième jour, elle a réussi à lui donner une douche. Il paraît que c'est souvent comme ça, qu'il faut y aller par paliers avec ces malades. Mais avec maman, elles ont du mal à être fermes, les infirmières comme les dames, car elle reste Benoîte Groult ; et Benoîte Groult les impressionne encore.

Lison me dit que ce léger mieux se traduit par une activité fébrile : elle déambule sans trêve ni repos dans la maison, elle vide le contenu de ses armoires sur son lit et s'indigne ensuite du désordre.

Au téléphone ce matin, maman me demande des nouvelles de Violette, ce qui est devenu rare. Elle me parle à nouveau de son second mariage, en 2013, qui l'avait stupéfiée : « C'est tout de même la seule personne qui s'est mariée deux fois avec le même homme, sans divorcer ! »

La première fois, c'était en 2009, en petit comité avec moi, son père et sa femme Brigitte, et comme témoin, Clémentine. À l'époque, Pierre et elle envisageaient d'adopter un enfant – ce qui me terrifiait, ils en avaient déjà quatre ! – et on leur avait dit que le dossier avait plus de chances d'aboutir s'ils étaient mariés. Trois ans plus tard, elle avait renoncé à l'adoption – ouf – et elle a eu envie de faire une grande fête. Elle a persuadé, je ne sais trop comment, la maire de Servoz de les accueillir dans sa mairie et, pour la seconde fois, ils ont échangé leurs consentements et leurs alliances, cette fois-ci devant toute la famille et leurs amis.

Lison a jeté à la poubelle deux casseroles brûlées au quatrième degré. Il va falloir supprimer le gaz et lui laisser juste la plaque et le four électriques.

Et puis, patatras, maman est tombée du haut des trois marches de la chambre d'amis. Elle s'est retrouvée étalée de tout son long sur le carrelage. Panique de Lison qui appelle au secours le docteur P. qui commande une ambulance et Lison l'accompagne à l'hôpital, pour faire des radios et des examens.

Rien de cassé : un miracle. Évidemment, elle est très endolorie et doit rester au lit quelques jours. L'infirmière vient maintenant soir et matin. Et moi, je pense que c'est le début de la fin, car elle retombera. Cela a toujours été sa hantise, à juste titre : quand on tombe, à son âge, c'est le début de la fin.

Je ne peux m'empêcher de lui en vouloir d'avoir farouchement refusé d'envisager qu'un jour, peut-être, tous ces escaliers dans toutes ses maisons seraient un problème. Pour Paul, elle avait accepté, de très mauvais cœur, d'installer une rampe dans le dangereux escalier de Hyères – rampe qu'elle bénit aujourd'hui.

Lison est rentrée déprimée. Et je décide, vu l'état de maman, d'aller la voir ce week-end. J'annule donc Chamonix où j'étais attendue. Ma fille m'en veut, je le sens, même si elle ne se plaint pas. Je lui promets de venir la semaine suivante et, une fois de plus, je me sens écartelée entre mon devoir vis-à-vis de l'une autant que vis-à-vis de l'autre. Sans parler de l'envie d'en profiter seule, de mon week-end…

Quand j'arrive à Hyères, maman ne sait plus marcher. Alors qu'elle s'assied et se lève sans problème. Au téléphone, Violette me dit que sa chute est peut-être due à un petit AVC qui lui aurait fait perdre le réflexe de la marche. J'en parlerai demain avec le docteur P.

Je lui demande si elle a mal. Une fois oui, une fois non… Comment savoir ? Mais évidemment elle souffre, la pauvre chérie, et son moral a dû en prendre un coup. Ce qui est horrible dans ces fins de vie, c'est qu'on ne sait plus ce qu'on doit souhaiter : que ce soit vraiment la fin ou encore un sursis. Mais un sursis pour quoi ? Pour cette non-vie qui est la sienne maintenant ?

Maman va avoir un déambulateur, malgré un scanner impeccable. « Syndrome de la marche difficile », me dit le docteur P. Il paraît que c'est fréquent après une chute, à son âge. Et elle porte des couches-culottes la nuit, car elle a du mal à se lever seule.

Je suis atterrée.

Violette m'appelle tous les soirs pour avoir des nouvelles de *Bounoute*, le petit nom qu'elle a donné à maman dans son enfance. Elle me soutient et me console. Ma pauvre chérie, peut-être aperçoit-elle son avenir avec moi… Mais après tout, ça sert aussi à ça les enfants : soutenir ses vieux parents qui retombent en enfance, les pousser dans une chaise et, un jour, les nourrir à la cuillère. Chacun son tour !

Ce n'est tout de même pas de chance que nous habitions si loin les unes des autres. Violette aimerait venir, avec Zélie, passer un week-end avec maman qu'elle a peur de ne plus revoir vivante. Mais le voyage, depuis Chamonix, prend presque deux jours car il faut passer par Paris. Et puis elle travaille encore plus depuis qu'elle a ajouté sur sa carte de visite : *Voyance*. Il lui a fallu du temps pour oser le revendiquer. Ce don – car je crois que c'en est un – lui faisait peur.

Elle m'a expliqué comment se passent les séances : elle a des flashes, des images, et elle entend des mots, des phrases…

« Je vous préviens, je n'y crois pas du tout, lui a annoncé récemment un patient. C'est ma femme qui a insisté. Elle vous trouve extraordinaire.

— Bon, lui a répondu Violette, ce n'est pas grave, mais vous savez ça ne marche pas à tous les coups. »

Au bout d'un moment, elle a *vu* un vieil homme assis sur un muret devant une maison avec des volets verts. Elle décrit sa tenue : une casquette grise et une chemise rouge à carreaux.

« Il a un message pour vous, voulez-vous l'entendre ?

— Oui, c'est mon grand-père ! » a répondu l'homme, estomaqué.

Ma fille m'a rendue humble devant ces domaines étrangers à notre culture familiale. Même si Nicole, ma grand-mère, fréquentait des voyantes, et moi aussi parfois. Comme l'a écrit maman : « Rien ne nous apprend à accepter les êtres comme ils sont plus que ses propres enfants. Contrainte de les aimer tels qu'ils sont, on finit par admettre ce qui nous hérisse le plus. »

Ce qui me manque, ce sont nos conversations, nos lettres et ses conseils avisés : « Je te dis d'être heureuse et d'avoir un amant (en paraphrasant Aragon) », m'a-t-elle écrit un jour où j'étais déprimée… et mariée ! À qui se plaindre aujourd'hui ? Et qui saura me plaindre comme toi qui m'aimais tant ? Je me sens très seule, même si j'ai ma fille ; mais justement, c'est ma fille et c'est moi qui lui dois protection et amour. Je ne suis plus l'enfant de personne puisque mes deux pères, Georges – qui m'a faite – et Paul – qui m'a élevée –, sont morts depuis dix ans. Et que toi, tu es en train de m'abandonner, maman chérie.

La mort de ses parents, c'est le premier coup de tocsin : on découvre qu'on est mortel, et en première ligne désormais.

Ma mère est célèbre : c'est une icône du féminisme et une écrivaine reconnue dans le monde entier. Quand Alzheimer la terrasse, est-ce pire que pour une femme *ordinaire* ? En tout cas, la chute n'en est que plus vertigineuse.

Notre amie Catherine, voyant maman avec son déambulateur, me rappelle qu'elle lui a dit, il n'y a pas si longtemps, à propos d'une vieille dame affublée de cet engin : « Si tu me vois un jour avec ça, mets quelque chose dans mon vin. Je refuse cette déchéance. » Elle l'a trouvée bien diminuée. Elle ne l'avait pas revue depuis sa chute.

Une seule chose positive, peut-être, dans toute cette horreur : je commence à te pleurer de ton vivant. Ni ma mère, ni la femme que tu étais ne sont plus là. Aurai-je moins de chagrin quand tu mourras pour de vrai ? Ce n'est même pas sûr… Alors, je bois pour oublier que la vie est mortelle. Et, accessoirement, pour passer une bonne soirée.

J'utilise, sans vergogne, ses crèmes et ses produits de maquillage ; certains parce qu'elle les achète en double, d'autres parce qu'elle ne les utilise plus. La gentille vendeuse s'en est rendu compte :

« Il me semble que vous avez acheté ça, la semaine dernière…

— Ah bon, répond maman, alors j'en rachète pas. »

Le docteur P. arrive. « Mais pourquoi faut-il vieillir ? » lui demande-t-elle, scandalisée. Il est très affecté par son état, il trouve qu'elle diminue vite en ce moment. Heureusement qu'il est là, ami fidèle et vigilant sur lequel je peux compter jour et nuit. Déjà, il s'est admirablement occupé de Paul, poussant l'amitié jusqu'à lui apporter des petits plats car c'est un excellent cuisinier. Il n'osait pas lui interdire de boire et de fumer. Mais personne n'a jamais interdit quoi que ce soit à Paul, pas même Mitterrand, dont il a été le conseiller à l'Élysée ! Nous, on n'interdit pas non plus à maman de boire d'une façon déraisonnable : un whisky single malt (ou deux) vers 18 heures – sans glace – et le vin rouge à volonté pendant les repas. Quelle importance ? Et c'est vraiment un de ses derniers plaisirs, avec le caviar qu'on lui apportera à Noël. Et nous, ses filles ! Elle est si heureuse quand on arrive, quand on est là…

Le docteur P. lui pose quelques questions.

« Ça va, Benoîte ?

— Très bien, répond-elle d'un ton presque offusqué.

— Vous lisez les journaux, des livres ?

— Mais bien sûr, je lis énormément, c'est indispensable pour mon métier. »

Elle ne lit même plus *Var-Matin*, elle regarde juste les grands titres et la météo.

« Vous conduisez toujours ?

— Évidemment ! Je conduis très bien… »

Nous le raccompagnons, elle avec son déambulateur, dans l'entrée. Elle me dit alors, une fois la porte refermée : « Merci de ne m'avoir pas dénoncée, ma chérie. » Oh maman, renvoyée à ce rôle de petite fille craintive, si loin de ta superbe…

Je lis des témoignages de vieux enfants – comme moi ! – dont les parents ont eu un Alzheimer : Pierrette Fleutiaux, Claude Pujade-Renaud, Madeleine Chapsal. Parfois, ce sont les maris : Rezvani et John Bayley sur sa femme, Iris Murdoch, et des anonymes. Et toujours les mêmes symptômes, quel que soit le nom : Alzheimer, démence fronto-temporale, corps de Lewy… J'y découvre l'importance des rituels quotidiens : un ordre pour contrer le désordre intérieur. Comme pour les nourrissons. Je suis contente qu'avant même d'y avoir réfléchi nous ayons organisé, Lison et moi, une vie stable et répétitive pour notre mère.

Depuis sa chute, elle a une garde de nuit, plus les trois dames qui se relaient le jour ; et l'infirmière, matin et soir.

« Tu es en sécurité, lui dis-je, avec toutes ces femmes formidables.

— Oui, mais avec toi, si tu restais, je le serais encore plus… »

Tu voulais mourir en pêchant la crevette, ou avec Paul, après que votre bateau eut chaviré. Avec Paul, c'est trop tard, et pour les crevettes aussi. Tu es en train de mourir à petit feu, ton esprit de plus en plus confus, tes plaisirs de plus en plus rares, exactement comme tu n'aurais pas voulu. Mais est-ce qu'on meurt jamais comme on aurait voulu ? Peut-être ceux qui ont la chance de mourir dans leur sommeil : sans la panique de se sentir happé par les ténèbres, le corps arc-bouté contre la gueuse, toutes les cellules refusant de lâcher, l'esprit furieux et parfois empli de haine contre ceux qui restent, fussent-ils les plus aimés. Ton père est mort comme ça…

Au téléphone, ce matin :

« Oh, c'était dur hier…

— Tu avais le cafard parce que je suis rentrée à Paris ?

— Oui. Tu étais en train de te faire gifler sur le trottoir, tu étais attaquée…

— Mais non, maman, tout va bien, ne t'inquiète pas.

— Ah bon ? Mais tu étais attaquée.

— Non, non, rassure-toi, maman chérie. »

Elle a dû revoir des images des attentats de janvier et ça l'angoisse terriblement à chaque fois. D'autant que notre ami Georges Wolinski y a été assassiné avec tant d'autres, dont Cabu qui avait fait un livre sur l'adultère avec Paul et Antoine Blondin, dans les années 70. Elle a gardé tous les articles, qu'elle a soulignés, annotés… Elle ne s'en remet pas. Mais qui s'en remet ?

Je m'ennuie horriblement au bureau, alors que j'ai tant aimé mon métier d'éditrice et d'attachée de presse. Comme je m'ennuyais horriblement en terminale, à 17 ans ! Je n'en peux plus, je suis « fiu » comme disent les Tahitiens, et comme j'aimais à le répéter à maman quand j'étais jeune fille.

Du coup, j'ai décidé de prendre ma retraite plus vite que prévu : le 30 septembre 2016. Mais comme je n'en peux plus, j'ai négocié pour ne travailler que trois jours par semaine, à partir du 1er janvier. J'aurai du temps pour maman et ses papiers – j'ai tout pris en main maintenant – et pour la tutelle de ma sœur Constance. Tout cela demande beaucoup d'énergie. Dans les familles, chacun a son rôle : le mien, c'est d'assurer l'intendance. J'assure, mais je râle ! Pourtant ce soir, je suis tellement fatiguée que je me demande si je ne couve pas quelque chose de grave. Mais non (je me morigène), tu couves ton chagrin. Assister à la dégringolade de sa mère, c'est épuisant. Physiquement et psychiquement.

Dîner familial hier soir, chez Colombe, la fille aînée de Flora, avec laquelle maman a écrit ses premiers livres, du *Journal à quatre mains* au *Féminin pluriel.*

C'était très gai, comme d'habitude, même si nous avons beaucoup parlé de la maladie d'Alzheimer. Colombe et Vanessa, sa sœur, ont bien connu ça avec Flora, atteinte à 72 ans ; et à la génération précédente, c'était Nicole, notre grand-mère.

Quand l'une de nous ne trouve pas le titre d'un film ou d'un roman, les autres rugissent : « C'est toi, toi, qui vas l'avoir ! » Car statistiquement, sur nous cinq, une au moins sera atteinte. Pour les rassurer, je leur annonce que j'ai lu un article affirmant que les formes héréditaires de la maladie ne dépassaient pas 5 %…

Au téléphone, avec H., une des dames ; elles sont en train de dîner.

« Bon, je vous passe votre maman…

— Mais je n'ai rien à lui dire », dit-elle à H.

Et hélas, c'est si vrai. Bêtement, cela me blesse un peu : c'est rare qu'elle m'accueille *mal.* En général, sa voix est tendre et chaleureuse, même si, effectivement, elle n'a plus rien à me dire.

Je croise Danièle Sallenave, présidente de la Foire du livre de Brive, dans le train des écrivains qu'on appelle aussi le train du cholestérol, vu la quantité d'alcool et de foie gras qu'on y déguste !

« Des nouvelles de Benoîte ?

— Pas bonnes…

— Ah, elle est fatiguée ? »

Je me résous à lui dire qu'elle a un Alzheimer. Il faut bien, un jour, se décider à le prononcer, ce sale mot. Mais c'est un peu comme une maladie honteuse, surtout pour maman qui a tellement dit qu'elle ne voulait pas, comme sa mère et sa sœur, vivre ça. Et qui était sûre que ça ne lui arriverait jamais. Est-ce pour cela qu'elle ne nous a pas dit, quand il était encore temps : « Je perds la mémoire, si ça s'aggrave faites quelque chose, mes chéries » ?

Pourtant, en mai 2013, elle écrivait :

« Je décide de reprendre un journal, mais pour de tristes raisons. Je perds la mémoire. Je retrouverai au moins mes faits et gestes… Je ne sais plus rien de moi et de mon quotidien, quels films j'ai vus, ce que je pense de DSK… Et puis ça me réapprend à écrire. J'ai remis mes styles à cartouches en service et c'est tout de suite un autre style qui coule de ma plume ! N'aurais-je repris un journal que pour mieux finir ma vie ? Aujourd'hui, vendredi 16 ou samedi 17 mai, je ne me suis pas sentie bien loin de la fin. Rien de précis, mais une sensation d'avoir frôlé la mort qui m'a empêchée de descendre à la poste, comme je l'avais prévu. De peur de tomber, bêtement, dans la rue anonyme. Au fond, je m'éternise plutôt que je ne vis. Je n'ai pas de livre en train, pas de projets d'écriture, mes trois filles sont loin, Paul est mort, mes amis disparus. Je n'ai plus envie de vivre une autre année. Qu'est-ce que j'ai à apprendre, à découvrir ? Mais je trouverais con de mourir avant l'été que j'aime tant, et avant l'automne que je déteste tant ! Pas l'automne, le pauvre, mais le prélude à l'hiver. Je commence à envisager que mourir dans son sommeil est une belle solution. De préférence à Doëlan, pour qu'on n'ait qu'à basculer mes cendres dans la mer, non loin de celles de Paul. Ma seule consolation c'est de ne pas avoir fait ce chagrin à mes filles : cette complication dans leurs vies – qu'il faudra bien pourtant qu'elles vivent un jour… »

Avec nous, elle n'a jamais évoqué cette perte de mémoire. En revanche, elle a voulu qu'on écrive ensemble une lettre avec ses directives anticipées, au cas où son corps la lâcherait : car lui seul pouvait la lâcher, pas son cerveau, elle en était persuadée. Dans cette lettre, elle déclarait refuser tout acharnement thérapeutique et elle nous désignait, Lison et moi, comme celles qui devions décider de l'arrêt des soins… Nous avions promis que nous ne la laisserions pas végéter comme un légume, avec des tuyaux partout.

Maman, que je n'avais pas appelée pendant que j'étais à Brive, me dit :

« Ah, tu es ressuscitée ?

— Pourquoi ?

— Eh bien… heu…

— J'étais à Brive, maman, et débordée. »

Elle a donc encore, avec moi qui l'appelle tous les jours, un certain sens du temps. Elle *sait* qu'elle ne m'a pas eue au téléphone, elle serait bien incapable de dire depuis quand mais elle *sait*. Cela me touche, et je me dis que mes coups de fil quotidiens, et parfois biquotidiens, ne tombent pas dans un vide abyssal. Souvent nos conversations n'ont ni queue ni tête, mais je lui fais du bien.

Ce matin, au téléphone :

« J'ai cru que tu étais dans… dans… tu sais, qui est tombé ?

— Dans l'avion qui a explosé en vol ?

— Oui, c'est ça.

— Rassure-toi, ma Mine, je n'y étais pas.

— Ah oui, tu étais dans un autre ?

— Non, j'étais chez moi, bien au chaud.

— Ah bon, bon… Ne t'ennuie pas trop, ma chérie », ajoute-t-elle avant de raccrocher, projetant son état sur moi.

C'est la première fois que je rêve de maman malade. On marche dans la rue avec un journaliste qui doit l'interviewer. Je l'ai prévenu de sa fragilité, mais il n'y croit qu'à moitié. Elle marche assez vite et donne le change, comme d'habitude. Je suis inquiète, car moi je sais. Soudain, elle a disparu. Merde ! On n'a pas fait assez attention. Le journaliste commence à s'inquiéter et à comprendre qu'elle est vraiment atteinte. On part à toute allure à sa recherche. Je l'aperçois enfin, de l'autre côté d'un carrefour, totalement paniquée. Je crie *Maman*, *maman*, et enfin je la rejoins et la ramène à la maison. Là, elle s'effondre par terre, en larmes.

« Comment vas-tu, mon petit oiseau chéri ? » me demande-t-elle, au téléphone.

Je fonds !

H. me dit que la nuit elle se lève et allume partout dans la maison : « C'est Versailles, chez vous ! » Cette détestation du noir, de la nuit, elle l'a toujours eue. « Le printemps ne me rapproche pas de ma tombe, l'automne, si », a-t-elle écrit un jour.

Quand je l'appelle, c'est souvent comme une charade à déchiffrer.

« Ça va, maman ?

— Non, pas trop bien.

— Ah bon, pourquoi ? Tu es fatiguée ?

— Oui… Non… C'est pas ça.

— Quoi, alors ?

— Eh bien, c'est la pourriture, partout.

— Comment ça ?

— Oui, la pourriture. Tu sais les… le… enfin… ce qui se passe. »

Je cherche et je pense qu'elle a vu à la télévision des nouvelles sur le scandale du dopage dans le sport, les menaces d'exclusion de la Russie aux J.O., etc.

« Oui, c'est ça, la pourriture, et on ne dit rien.

— Mais si justement, ça fait un scandale, et on en parle partout.

— Ah bon, ça me rassure.

— Bon, ma petite Mine, j'arrive bientôt à Hyères. Je suis contente de te voir.

— Moi aussi. Tu viens avec Colombe ? (Elle n'a donc pas oublié.)

— Oui maman, bon, je t'embrasse très fort.

— Moi aussi, ma chérie, et c'est un baiser sincère.

— J'espère bien, moi aussi, c'est un baiser sincère ! »

Presque une conversation normale ce soir. Mais H. m'a annoncé qu'elle avait commandé, à la demande du docteur P., une chaise percée pour la nuit. Maman n'a pas toujours le temps, ou la force, de se lever. La *chose* trônera à côté de son lit, dans sa jolie chambre si raffinée. Je suis atterrée. Et je repense au grand titre d'une interview, dans *Point de vue*, pour la sortie d'*Ainsi soit Olympe de Gouges*, dans laquelle elle déclarait : « À 92 ans, je règne sur mon corps. » On avait été estomaquées, Lison et moi, car on savait qu'elle ne régnait plus, ni sur son corps ni sur son esprit. Même si c'était sans commune mesure avec ce qui se passe aujourd'hui. Toujours le déni : je ne sais pas si je dois l'admirer, même si j'admets que c'est aussi sa force. *No pasarán*…

Ce matin, un festival : elle m'a appelée quatre ou cinq fois en moins d'une heure, pour que je lui donne mon numéro de téléphone. J'avais beau lui répéter que je venais de le lui donner, elle insistait :

« Oui, mais je veux le noter.

— Demande à Paulette, que j'entends à côté de toi. »

Paulette le lui note. Et cinq minutes plus tard, *dring* :

« Je voudrais que tu me donnes ton téléphone, chérie. »

J'entends Paulette qui lui dit :

« Mais vous venez de le noter…

— Oui maman, tu l'as, tout est en ordre.

— Bon, bon… À bientôt, ma chérie, je te rappelle. »

Non, surtout pas, pitié ! Mais elle va sans doute un peu mieux puisque depuis sa chute elle ne m'appelait plus.

La chère Paulette, qui a travaillé une quinzaine d'années chez nous avant Mireille, et qui reprend gentiment du service pour maman, me dit qu'elle fait quelques pas depuis deux jours. Le kiné vient trois fois par semaine la masser et l'aider à faire des mouvements d'assouplissement. Je me remets à espérer qu'elle pourra, peut-être, vivre un dernier été dans sa Bretagne chérie. Avec évidemment quelqu'un jour et nuit. Suis-je réaliste ? Intéressée, en tout cas, car tous les étés je passe mon mois de vacances à Hyères.

J'aime d'amour ce pays et cette maison, je m'y ressource, j'y suis heureuse. Je n'arrive pas à m'imaginer partager ce mois tant attendu avec elle, dans son état. Ce n'est pas beau, d'accord, mais là, au moins, je suis réaliste !

Deux jours plus tard, je lui demande si le kiné lui fait du bien.

« Pas du tout, d'ailleurs je n'en ai pas besoin.

— Mais maman, tu ne peux plus descendre l'escalier pour aller dans la cuisine ou le jardin…

— Pas du tout, je descends plusieurs fois par jour. »

Ce matin, au téléphone, une horrible première :

« Tu viens quand ?

— Demain, maman, avec Colombe.

— Ah… ça… ça… AAAACRACRA… CRAAA… (Un raclement de gorge désespéré, rien ne venant.)

— Oui, c'est ça maman, à demain.

— Ah… CRAAA… Oui. »

Comment vais-je la trouver ? J'ai peur de ce que je vais découvrir. Heureusement Colombe, si attentive, si protectrice, vient avec moi : elle sait ce que je vis, elle qui l'a vécu avec sa mère. Et maman l'aime beaucoup.

Elle est toujours heureuse quand j'arrive, souriante, tendre : « Elle vous attendait avec impatience », me dit Mireille. Elle a reconnu Colombe, presque tout de suite. Mais même si elle marche mieux, avec la canne de Paul qu'elle a longtemps refusée et dont elle s'est tant moquée, elle est affaiblie. Sur tous les plans. Elle reste scotchée toute la journée devant la télévision, surtout devant les émissions animalières qu'elle adore désormais. Pourtant, il lui reste quelque chose d'elle-même. Quand elle voit des éléphants dressés, qui font leur numéro pathétique, elle dit : « Mais c'est terrible, ça ! » Hélas, elle lit tout haut les génériques, en détachant chaque syllabe, comme une élève appliquée et débutante dans la lecture.

Ce matin, je lui demande :

« Comment vas-tu, ma Mine ?

— Moins bien que toi ! »

Son humour encore, parfois… En fait, il n'y a plus une vérité sur maman, mais des vérités successives.

Pendant les repas, on parle, on parle, Colombe et moi, pour meubler le vide. On essaie de l'emmener dans son passé, plus présent pour elle que son présent : *Monsieur mon passé, voulez-vous passer*, comme le chantait Léo Ferré, leur ami de jeunesse à Paul et elle. Ça ne marche pas à tous les coups. Aujourd'hui, elle est perdue : elle essaie de se mêler à la conversation, elle cherche à nous dire des choses, mais les mots lui manquent. D'autres, le plus souvent incompréhensibles, arrivent. Alors, vaincue, elle renonce et son regard s'éloigne. On se ressert à boire et on remplit son verre qu'elle n'oublie jamais de nous tendre.

Je lis à Colombe un passage gratiné du journal de maman quand Flora était dans sa résidence de l'Épidaure :

« Un des aspects les plus douloureux de cet accompagnement d'un malade d'Alzheimer, c'est qu'on s'en veut, c'est qu'on a honte d'exposer celui ou celle qu'on aime à une si visible dégradation. A-t-on le droit de soigner, pour qu'il vive, un être qui se déshonore et qui serait horrifié s'il se voyait ? – Au moins, Flora mange bien, me dit Colombe. – Il ne faudrait pas la forcer à manger, répond Michèle avec son cynisme qui me réjouit toujours. Et c'est vrai que la nature ferait lentement mourir de sous-alimentation ce type de malades qui, un jour, ne sauront plus mâcher ni trouver leur bouche. Ces résidences à 4 000 francs par mois pratiquent en fait une forme d'acharnement thérapeutique. »

J'entends le grand rire de Colombe résonner. Elle est gaie, courageusement gaie. Elle est tendre aussi et elle sait prendre dans ses bras l'affligée que je suis, en face de maman. J'ai toujours admiré son caractère impétueux et sa vitalité : elle a tout de même fait quatre enfants, tout en étant une brillante journaliste à *Elle*, *Vogue*, *L'Express*, et *Point de vue* qu'elle a longtemps dirigé. Elle raconte, d'une façon irrésistible, les potins des cours royales et elle est régulièrement invitée à la télévision pour les mariages ou les enterrements des grands de ce monde. Pourtant, la vie ne l'a pas épargnée. Très jeune, en 1981, elle a perdu son père, puis en 2001 Flora, sa mère, et son beau-frère, Gilles. En 2003, c'était Tim, son demi-frère, et deux mois plus tard Mahot, son second mari, dans un accident de voiture…

Je me sens si privilégiée, face à Colombe et Vanessa, moi qui n'ai connu aucun drame, que des deuils « normaux ».

Maman écoute Élisabeth Guigou qu'elle a toujours admirée. Elle parle des attentats.

« Elle est nulle, me dit maman qui n'arrive pas à comprendre.

— Qu'en penses-tu, toi ? Tu es très intelligente, alors explique-moi. »

Que dire ? Si on se donne la peine d'expliquer, elle oublie tout et, deux minutes plus tard, elle redemande la même chose.

Elle a une idée fixe : rentrer à Paris avec nous. Elle sort une valise, commence à la remplir. Je la vide en lui disant qu'on en parlera plus tard, mais que maintenant ce n'est pas possible. Dix minutes après, elle recommence. Quand elle ne fait pas sa valise, elle déambule sans fin dans la maison en répétant : « Je te préviens, je rentre à Paris avec toi. »

Tous les jours, Mireille lui apporte *Var-Matin*. Elle lit tout haut en ânonnant les grands titres : « Hollande pour la déchéance contre son camp ? Ça veut dire quoi ? »

Colombe et moi parlons beaucoup de Flora dont j'étais très proche. Je suis blonde comme elle, alors que Lison est brune comme maman. Je suis une angoissée maladive, comme Flora, alors que Lison n'envisage jamais le pire, comme maman. On a recréé leur duo, avec les qualités et défauts soi-disant afférents au fait d'être *la* blonde ou *la* brune ! J'aimais sa gaieté mélancolique, sa façon de s'habiller avec des couleurs raffinées et souvent inattendues, son caramel filé sur des poires cuites, sa cuisine rose vif rue de Bourgogne – au-dessus de chez maman –, sa maison à Hyères – au-dessus de chez maman aussi ! – qui ressemblait à la Treille Muscate de Colette. Colette qu'elle m'a fait découvrir et aimer.

J'étais jalouse de sa mémoire époustouflante. En particulier pour la poésie qui a toujours eu une grande place dans notre vie familiale : on déclame et on se dispute pour savoir qui a écrit *Rends-moi le Pausilippe et la mer d'Italie*, ou *Au fond du ciel / Des éperviers planent / Sur les nixes nicettes aux cheveux verts et naines*... Flora était infaillible. On l'a appelée souvent pour nous départager, ou pour qu'elle nous récite les vers qui suivent la première strophe d'un poème qu'on avait tous oublié. Et elle enchaînait et ça coulait comme de l'eau vive. Même Péguy, qui est difficile à mémoriser, elle le connaissait bien. Maman était assez bonne, Paul excellent, nous, correctes ! C'est tout de même révoltant que les deux sœurs soient atteintes, à quelques années de distance, de cette maladie de la mémoire.

Maman prend une pomme, ou quoi que ce soit d'autre :

« C'est quoi, ça ? »

Deux secondes :

« Une pomme ? »

Comme elle veut toujours avoir l'air de comprendre, elle répond souvent à mes questions par une autre question, sans aucun rapport mais avec des sonorités proches.

« Tu veux ton whisky ?
— Je ne vois plus Lucie ? »
« Tu as mal au mollet ?
— Si j'ai de la monnaie ? »

On se croirait dans *Un mot pour un autre*, une des pièces du merveilleux Jean Tardieu que j'ai relue hier soir.

Dans *Var-Matin*, un grand titre scandaleux : « Toute mort avant 120 ans est prématurée. » Ça ne va pas, non ? C'est d'un certain docteur Saldmann, auteur d'un best-seller paraît-il, que je ne lirai sûrement pas. Décidément, c'est une conspiration.

Je rentre à Paris avec Colombe. Nous sommes toutes les deux épuisées. Mais maman a bien mangé : on lui a fait tous les petits plats qu'elle aime, on l'a emmenée se promener, sans sa canne, en la tenant fermement chacune d'un côté. On l'a endormie en lui caressant les mains et en lui chantant de vieilles chansons. Elle était contente. Mais nous, à peine dans le taxi, on respire comme si on sortait de prison.

J'ai dit à Lison qu'il ne fallait plus y aller seule : c'est trop dur. Elle en est bien d'accord.

Aujourd'hui, 19 décembre, j'ai 69 ans... Le pire est à venir ! Quand maman était encore maman, elle s'offusquait, à chacun de nos anniversaires, qu'on soit déjà si vieilles. Elle le prenait comme une offense personnelle.

Évidemment, elle a oublié mon anniversaire : je ne m'en formalise pas, ça fait des années qu'elle l'oublie. Je l'ai tout de même appelée, avec le vague espoir d'un miracle.

« Ça va maman ?

— Ça va...

— C'est une belle journée, non ?

— Pourquoi ?

— Eh bien, on est le 19 décembre... Ça ne te dit rien ?

— Non... En attendant, je pars demain matin.

— Pour où ?

— Pour Groult ! »

Ma fille, elle, n'oublie jamais mon anniversaire et, comme d'habitude, elle est la première à m'appeler.

Tous mes frères et sœurs – j'en ai tout de même cinq de trois mères et deux pères différents – m'appellent : Antoine de Caunes, fils de Jacqueline Joubert et Georges, Marie et Pierre, les derniers enfants de Georges et Anne-Marie, et enfin Constance, fille de Paul et maman, la seule Guimard. Une famille décomposée et recomposée ! Nos amis, à part les intimes, ont beaucoup de mal à s'y retrouver. Nous aussi, quand toute la tribu de Caunes passe un week-end à Trouville, chez Antoine et Daphné Roulier, sa troisième femme, avec laquelle il a eu Jules, 6 ans, qui est donc l'oncle de la fille d'Emma, Nina 13 ans – Emma étant la fille d'Antoine et Gaëlle – et ma petite-fille dans tout ça, Zélie 8 ans, elle est quoi par rapport à Jules 6 ans ? Et la fille de Marie, Alice 21 ans, par rapport à Louis 28 ans, l'autre fils d'Antoine ? Je n'y comprends plus rien et l'alcool qui coule à flots ne nous aide pas à y voir clair ! Ce qui est important, c'est cet amour qui nous lie, cette complicité si forte. Je me souviens qu'après la mort de papa, en 2004, nous nous sommes retrouvés dans ce qu'on appelait un peu pompeusement *le petit château* (sa maison de campagne, à côté de Loudun) avec une tour, tout de même. Nous avions décidé de le vendre et nous étions venus choisir ce qu'on voulait garder. Pendant tout le week-end, nous avons fouillé, trié, chacun de nous demandant aux autres s'il pouvait prendre ceci ou cela… Personne n'a compté les petites cuillères en argent ou les verres en cristal.

Le lendemain de mon anniversaire, j'appelle à nouveau maman. Contrairement aux années précédentes où je prenais un malin plaisir à lui demander si elle ne se sentait pas coupable, et où elle me répondait invariablement :

« Non pourquoi ?

— Eh bien, hier, c'était le 19 décembre… (Un long silence.) Le 19 DÉCEMBRE, maman…

— Oh ma chérie… Je suis désolée, impardonnable, mais pardon, pardon. Comment ai-je pu oublier ? *La première fille / Qu'on a pris dans ses bras / Jamais de la vie / On ne l'oubliera…* »

À chaque fois, elle me fredonnait ces vers de Brassens et je jouissais de sa honte, et de ses promesses de me couvrir de cadeaux ! Cette année, je lui demande juste si elle va bien.

« Ah… Ah… Heu… Heu…

— Ne t'inquiète pas, maman, on arrive dans trois jours pour fêter Noël avec toi.

— Ah, ça c'est gâteau ! »

En 1999, dans son journal, à propos de sa hantise du noir :

« Je m'aperçois qu'en décembre, quand les jours sont au plus court, j'éprouve un net malaise, une sorte de brève dépression, aux alentours de la disparition du soleil. Le passage à la nuit me tombe sur la tronche – pendant une heure environ, jusqu'à ce que j'en aie pris mon parti ? – je me traîne comme une âme en peine. La nuit venue, je reprends force et courage. Le matin, c'est le bonheur. Je voudrais tout entreprendre. Notamment mon livre qui avance à tâtons. »

Et deux ans plus tard, à propos de la mort dont elle ne nous parlait jamais :

« La pensée de la mort est venue subitement, tout comme la vieillesse est arrivée d'un seul coup. Avant, j'avais peur de l'âge. Cette ride découverte, l'angoisse d'enlaidir. Maintenant c'est de la mort dont j'ai peur. Je pense désormais au souffle, comme ce qui sera coupé. »

Je ne me lasse pas de la retrouver dans ses carnets : en moleskine noire dans sa jeunesse, dans des beaux cahiers de toutes les couleurs, et tous les formats, ensuite. Elle collait des articles, notait ses lectures, faisait des portraits – parfois au vitriol – des uns et des autres, y compris de nous ses filles. Évidemment, elle racontait tout de sa vie, de ses sentiments, de ses pensées. Ce journal, c'est comme un double d'elle-même où je la retrouve à toutes les étapes de sa vie. C'est aussi la matière première dans laquelle elle a beaucoup puisé pour écrire ses romans. J'ai l'impression d'être dans les coulisses de l'écriture.

Et nous voilà à Hyères, pour Noël. Maman est bien physiquement mais, pour la première fois, il lui a fallu quatre ou cinq secondes pour me reconnaître. Je suis entrée, volontairement tonitruante, dans le salon : « Maman, c'est moi, moi ta fille préférée... » (À l'intention de Lison, bien sûr !) Elle me regarde, un peu hagarde, interrogative. Puis son regard s'illumine tandis que je la prends dans mes bras. Un peu plus tard, elle me dit : « Je ne me souvenais pas que tu étais si blonde, si mince... »

Idem au petit déjeuner : il lui faut *ajuster* avant de me reconnaître.

Hier, elle était dans notre chambre pendant que nous défaisions nos valises.

« Ah, vous repartez ?

— Mais non, maman, on arrive. »

Pour la faire sourire, je danse, elle a toujours aimé me voir danser.

« Qu'est-ce que tu fais ? demande-t-elle d'un ton peu amène.
— Je danse, maman ! Pour toi. Je DANSE…
— Tu pars à Nantes ? »

Elle émaille ce qu'on ne peut plus appeler sa conversation de mots tels que *J'en accepte l'augure* ou *idiosyncrasie*, qu'elle prononce d'un ton pénétré dix fois par jour, à tout propos et hors de propos. C'est comme cela qu'elle bluffe encore ses dames.

Quand nous sommes à Hyères, la femme de ménage est là deux heures le matin et la garde de jour vient l'après-midi, histoire qu'on se change les idées, qu'on fasse une sieste ou qu'on aille se promener… C'est nous qui la faisons dîner et qui la couchons. Un vrai boulot, j'admire les femmes dévouées qui s'occupent d'elle. L'infirmière, elle, vient toujours matin et soir.

Lison s'obstine à discuter, argumenter, avec maman qui n'est plus maman. Elle veut lui faire entendre raison. Elle croit encore qu'elle peut y arriver. Mais elle parle à celle d'avant, celle qui n'est plus là. Chacune se protège comme elle peut. Moi, j'ai fait mon deuil, mais c'est tout récent. Je sais qu'il faut lui mentir et, surtout, ne pas la contredire. À quoi bon ? Cela ne fait que l'angoisser car elle est très sensible à l'atmosphère, à nos humeurs… Je la prends dans mes bras, je l'embrasse, je lui caresse les mains et les cheveux. Toute la tendresse du monde passe par le corps maintenant, et on réussit à se dire beaucoup de choses comme ça.

Qu'importe de quoi parlent les lèvres
Lorsqu'on écoute les cœurs se répondre !
(Alfred de Musset)

Dans *Var-Matin* encore, une double page révoltante sur les soins palliatifs : « Immersion dans le quotidien des professionnels au chevet des patients en phase terminale. Leur moteur ? L'humanité des soins. [*Soit.*] La vie jamais aussi présente que dans cette période. [*Ah bon ?*] » Et ils renchérissent : « On vit ici probablement la période la plus importante de son existence. » Les cons ! La plus tragique certainement, mais la plus importante ? Ce discours me révulse.

« Comment vas-tu ce matin, ma petite maman ?
— Médiocrement.
— Pourquoi ?
— Pour des raisons personnelles. »
Certaines phrases qu'elle prononce ouvrent tout à coup sur les abîmes insondables de son esprit.

Quand on l'emmène se promener, elle cherche désespérément son sac – en général accroché à son cou – avant de sortir.

« Il faut qu'on aille prendre de l'argent à la banque, je n'en ai plus.

— Oui, oui, on y va », répondent les deux menteuses.

Le reste du temps, elle est rivée devant l'écran de la télévision, comme hypnotisée. Mais le seul commentaire qui lui vient est : « Pitoyable. » Tout est pitoyable : que ce soit triste, gai, intelligent ou idiot, c'est pitoyable. Comme elle ?

J'aimerais tant être dans sa tête quelques minutes, pour savoir ce qui s'y passe… ou ne s'y passe pas… Elle a encore de courts moments de lucidité, et elle me stupéfie parfois par des remarques qui viennent de la Benoîte d'avant, la vraie Benoîte. Mais très vite, son œil s'obscurcit et elle replonge dans un vide pathétique qui me fait mal. Maman, enterrée vivante dans la maladie.

Surréaliste, c'est le seul mot juste pour décrire ce réveillon. J'avais préparé une jolie table avec une nappe, offerte par Lison il y a deux ou trois ans : des coraux sur fond blanc. Maman n'en avait aucun souvenir, alors qu'elle l'aimait beaucoup, mais elle l'a trouvée très belle : « Tellement raffinée, et puis on dirait que c'est en relief », répète-t-elle inlassablement en passant la main sur et sous la nappe. Cela nous a fait la conversation du dîner ! Au moins, on en rit maintenant, on en rajoute, on se moque gentiment. Elle ne s'en rend pas compte et continue, imperturbable et pénétrée de l'importance de ce qu'elle dit : « Oh, et puis cette nappe est tellement raffinée, on dirait qu'elle est en relief… »

C'est tout de même beaucoup moins triste que l'année dernière où on ne savait pas encore vraiment qu'elle était malade. Comme d'habitude, on lui avait acheté une petite boîte de caviar, dont elle raffole, et des blinis. Nous, on avait des œufs de saumon qu'on préfère, et qui sont nettement moins chers. Tout ça au champagne ! Puis pecorino aux truffes qui sentait divinement bon… Les truffes dont sa mère prétendait qu'elles sentaient le sperme ! Nicole adorait lancer ça dans les dîners mondains. Je pense d'ailleurs qu'elle ne devait pas aimer vraiment les truffes, car elle n'aimait pas vraiment le sperme : elle préférait la cyprine. Voilà un sujet de conversation, amusant et instructif, qu'on aurait eu avec maman il y a deux ou trois ans. Finis, hélas, tous ces échanges, cette intimité qu'on a avec sa mère quand on est adulte, et qu'on peut passer, avec aisance, du plus cru au plus éthéré. Quelle tristesse de ne plus rien partager d'intelligent.

Elle a ouvert ses cadeaux, mais elle n'a pas fait allusion à ceux qu'elle aurait pu nous offrir. Comme si elle avait oublié que ça allait dans les deux sens. Évidemment, ça n'a aucune importance : elle nous a fait beaucoup de cadeaux, Noël ou pas. Elle a toujours été d'une immense générosité avec nous. Il y a quelques années, elle n'a pas hésité à vendre les deux plus beaux meubles de son père, auxquels elle tenait beaucoup, pour nous aider à acheter chacune un appartement.

Mais ce soir, cet oubli est un signe de plus de son éloignement. Et ça, c'est douloureux. Elle nous a tout de même dit, cet après-midi : « Je voudrais vous faire un cadeau, mais comment ? je ne sais pas où est mon chéquier. »

Et pour cause, c'est moi qui l'ai.

« Ne t'inquiète pas, maman, on va le trouver et on s'arrangera. »

Vers 21 heures, elle a voulu aller se coucher :

« Déjà ?

— Oui, je suis fatiguée, mes chéries. »

Fatiguée… Un mot qu'elle ne prononçait jamais, elle l'infatigable qui menait de front toutes ses vies. Femme mariée, femme adultère, mère, écrivaine, journaliste, militante féministe et socialiste, jardinière dans ses trois jardins – en Bretagne, à Hyères, en Irlande –, épistolière, excellente cuisinière, amatrice éclairée de whiskys single malt, bricoleuse, décoratrice, amie fidèle… Toujours sur le pont, au sens propre et au figuré, puisque Paul et elle avaient un bateau à Doëlan, et un autre à Bunavalla, en Irlande, où ils ont passé tant d'étés. Maman et son énergie sidérante, son amour de la vie jamais démenti, même dans les moments les plus sombres.

Virginia Woolf a écrit que *le premier devoir d'une femme qui veut écrire est de tuer la fée du logis en elle*… Elle ne connaissait pas maman qui a réussi à faire coexister toutes les Benoîte en elle !

Nous l'avons raccompagnée dans sa chambre. En la déshabillant, on s'est aperçues qu'elle portait trois débardeurs, les uns sur les autres, sous son chemisier. Mais quand donc les avait-elle enfilés ? Lui mettre son pyjama prend un temps fou car elle ne se laisse pas faire. Une fois qu'on croit que c'est bon, elle commence à déboutonner la veste qu'elle vient de boutonner :

« Mais maman, qu'est-ce que tu fais ?

— Rien, laissez-moi. »

On attend, et elle finit par la reboutonner : lentement, si lentement. On l'installe dans son lit, on la couvre bien, on lui dit des mots doux – on n'ose tout de même pas lui souhaiter un joyeux Noël – et, après l'avoir embrassée, on éteint.

« Ah non, pas dans le noir », proteste-t-elle vigoureusement. On rallume une petite lampe, on l'embrasse à nouveau, et on s'en va.

Le noir la hante : dès que l'obscurité tombe, elle tire les rideaux en râlant contre les jours qui raccourcissent et elle allume partout. En l'écoutant se plaindre, j'ai l'impression d'être dans une pièce de Lars Noren où un vieux couple dans une maison sinistre, au bord d'un lac sinistre, répète inlassablement en regardant dehors : « Il fait noir, si noir, le ciel est noir, la terre est noire. Tout est noir. »

Il faut maintenant l'aider à entrer dans le désespoir de la nuit.

Nous nous installons dans le salon avec la bouteille de champagne entamée. On se regarde, accablées, et Lison me dit sur un ton catastrophé : « Blandine, c'est le pire Noël de ma vie ! »

On croit qu'on est tranquilles mais, un quart d'heure plus tard, on l'entend jouer, très mal comme d'habitude, sur le piano désaccordé dont Paul jouait si bien. Quelle énergie tout de même ! Elle finit par se calmer. Lison va vérifier si elle est recouchée.

« Ouf, elle est au lit et tout est éteint. »

Et voilà, c'était un Noël avec elle… et sans elle.

Le dernier ?

Ce matin, maman a deux chaussures différentes, ou, plus exactement, une chaussure et un chausson. Elle les a mises seule, ainsi que sa robe de chambre, puisque personne n'est là aujourd'hui, Noël oblige, et que nous, filles indignes, on s'est réveillées à 10 heures. Elle allait et venait gentiment dans la maison, ne réclamant rien.

« Tu as pris ton petit déjeuner ?

— Oui, oui..., répond-elle en hochant la tête et en continuant d'aller et venir.

— Non, je ne crois pas, viens, on va y aller.

— Ah bon, je ne l'ai pas pris ? »

Elle a retrouvé la nappe aux coraux avec plaisir : « Elle est tellement raffinée... Ces coraux sont tellement jolis... » C'était reparti !

Car il lui reste un œil : l'œil Groult qui sait voir le beau et qui l'apprécie. Avec un père décorateur et une mère qui avait une maison de couture réputée, maman a de qui tenir. Elle regarde toujours comment on est habillées, les couleurs : « Oh, c'est beau ce bleu. Et puis tes chaussures, elles sont d'un chic... » Elle-même, avec l'aide des dames, est toujours élégante. Nous y tenons beaucoup. « Plus on s'abîme, plus il faut être chic ! » C'est ce qu'elle disait quand elle disait encore quelque chose. Elle soignait d'ailleurs autant ses maisons qu'elle-même. Il y a trois ou quatre ans, elle a été prise d'une frénésie de travaux, de peinture en particulier. On essayait de la freiner, car ce n'était pas toujours nécessaire, mais rien à faire.

« Je ne supporte pas ce qui se dégrade. Les maisons ont besoin d'un lifting, comme les humains ! Et puis, comme ça, tout sera impeccable pour vous le jour où je ne serai plus là. »

Maman est vraiment déboussolée aujourd'hui. Elle va, elle vient, elle enlève ses chaussures puis les remet, elle a déjà mis son écharpe trois fois et elle a accroché à son cou son sac vide qu'elle serre contre elle.

« On sort ?

— Non, maman, c'est Noël, tout est fermé.

— Comment faire pour avoir de l'argent ? Il faut que j'aille à la banque, mais je ne sais plus où est mon chéquier. »

Nous décidons de l'emmener au cinéma voir un film de Lelouch qui se passe en Inde. Ça va nous distraire : après tout, c'est Noël ! Au bout de quinze minutes, elle s'agite et veut partir : elle nous le fait savoir à voix haute… On l'empêche, en essayant de faire le moins de bruit possible. Une fois, deux fois, trois fois… Excédées, on finit par renoncer et nous nous en allons en dérangeant tout le monde.

À la maison, elle nous demande, une fois, deux fois, trois fois, le titre du film. On le répète.

« Ah… Et ça parlait de quoi ? »

On bredouille une vague explication, elle râle :

« C'était nul.

— Mais non, en plus les images étaient belles, maman. Et puis, tu connais Bombay et Bénarès… »

Elle continue de râler. Lison, excédée, lui dit :

« Bon d'accord, tu n'aimes plus le cinéma, ça ne t'intéresse plus, ce n'est plus de ton âge, on ne t'y emmènera plus. »

Je suis ravie qu'elle ose dire ça. Petite joie mauvaise… Maman finit par admettre qu'il y avait de belles images. Elle veut à nouveau connaître le titre, elle le répète en l'écorchant, le redemande. Lison l'écrit sur un papier qu'elle oublie de lire et qu'elle chiffonne dans sa main.

Pendant le dîner, elle continue de dire n'importe quoi, et même le contraire de ce qu'elle veut dire. Devant son œuf à la coque qu'elle adore :

« Ça me débecte…

— Comment ça, tu n'aimes plus ?

— Non, non, ça me rebecte… »

Elle parle aussi d'un Bernard qui veut manger les coraux de la nappe. C'est terrible, cette lutte acharnée et perdue d'avance qu'elle mène pour exister encore. C'est terrible, ce brouillard tenace qui s'installe si souvent dans ses yeux…

La remonter dans sa chambre est une épreuve : elle ne tient plus debout et nous ne sommes pas trop de deux pour l'aider. Maman n'a jamais voulu envisager sa vieillesse et aucune de ses trois maisons n'est de plain-pied. Elle se moquait d'ailleurs allègrement de ses amis qui déménageaient, en prévision d'un avenir plus ou moins handicapé.

Nous l'avons déshabillée, couchée, et pour une fois, elle a sombré dans la minute.

Je dis à Lison : « Si elle pouvait mourir, maintenant, dans son sommeil, pendant qu'on est là… Ce serait si bien. »

Lison acquiesce. C'est vrai que rien de mieux ne pourrait lui arriver. À elle, comme à nous…

« On ne meurt pas seulement de maladie. On meurt parce que le goût s'en va », a-t-elle écrit. Et aujourd'hui, le goût est en train de s'en aller…

Dans son journal, daté de mai 1995 :

« Et voilà que je reparle de la mort, moi qui m'en fous. Pas de la mort, mais de la décrépitude que je refuse. Plus j'avance, plus je suis sûre de vouloir et de pouvoir choisir ma mort, à moins qu'elle ne me choisisse brutalement, mais pas la mort lente. Jamais assise dans la chambre d'*un asile de déchets*, comme l'a écrit Sylvie Caster, *à regarder de mornes pelouses bordées de buis*. Je pense à la fin de vie sinistre de la mère de Paul. J'irai loin, mais pas jusque-là. Quelle pensée rassurante ! Pourquoi avoir peur et horreur de la vieillesse si on sait qu'on pourra l'éviter dès qu'elle vous sera trop humiliante, trop intolérable ? Ça donne une paix ! »

Hier, j'étais exaspérée par maman. Aujourd'hui, elle me bouleverse. Pendant le délicieux déjeuner chez Toumie, je prends sa main dans la mienne.

« Ça va, maman ?

— Oh oui, ça va, avec ta main douce sur moi », me répond-elle, avec un vrai regard tendre.

Je fonds.

Maman a reçu une très belle lettre d'une admiratrice : « Cette lettre est adressée en même temps à vous et à Annie Ernaux. Il fallait que je vous remercie conjointement et sincèrement de m'avoir réconciliée avec mon cul ! À travers *Les Vaisseaux du cœur* et *Se perdre*, vous m'avez fait comprendre qu'on pouvait être intellectuelle et terriblement sexuelle. »

Par acquit de conscience, on lui lit ce passage.

« Textuelle ? » dit-elle, comme si on avait proféré une incongruité.

Le soir, on ferme à clé la porte d'entrée, de peur qu'elle n'essaie de s'enfuir. Nous cachons aussi toutes les clés de toutes les portes, afin qu'elle ne risque pas de s'enfermer et de rester bloquée.

Elle a toujours froid maintenant, alors que la maison est surchauffée. Elle va à la chaudière pour augmenter le chauffage : elle a mis le thermostat à 29 °C hier ! Comme elle ne sait plus comment ça marche, elle tripote les boutons et dérègle tout. Je prends un ton sévère et lui dis : « Attention maman, si tu touches encore à la chaudière, on n'aura plus de chauffage. » Nous avons finalement condamné la porte de la chaufferie qui, malheureusement, donne aussi sur des W-C où elle va de temps en temps. Ça la rend furieuse, je la comprends. D'autant que nous avons aussi condamné la fenêtre de la chambre au nord qu'elle ouvre sans arrêt. Par cette fenêtre, presque au ras du sol, n'importe qui pourrait entrer dans la maison. À notre demande, H. a bloqué les volets avec des fils de fer solidement entortillés. Mais comme maman a encore une volonté farouche, elle a sorti la boîte à outils, pendant la nuit, pour essayer de les couper. Sans y réussir, heureusement. Tous les outils traînaient, éparpillés par terre. Je me suis retenue de lui dire : « Si tu fais encore ça, maman, on ne pourra plus te garder à la maison. »

L'horreur qui me brûle les lèvres, parfois. Et son périmètre se restreint tragiquement. Jusqu'où ? Jusqu'à quand ?

« Comment va ton amie ?

— Quelle amie, maman ?

— Tu sais, ton amie…

— Mais j'en ai beaucoup !

— Tu sais… celle qui, qui, qui… »

Alors, je lui propose des prénoms. Parfois, c'est le bon. Cinq minutes après, ça recommence.

Ce soir, impossible de la coucher : elle s'est relevée cinq ou six fois. On finit par la retrouver endormie dans un fauteuil avec un chemisier qu'elle a rajouté sur son pyjama. On la recouche. Cinq minutes après, je l'entends. Je la retrouve debout dans sa chambre dont elle a ouvert la fenêtre, alors qu'il fait froid.

« Mais maman, qu'est-ce que tu fais ?

— Quoi ? Vous êtes prêtes ?

— Non, maman, c'est la nuit, l'heure de dormir. »

Je la recouche, après avoir fermé la fenêtre, et j'éteins. Elle crie, d'un ton angoissé : « Il fait jour ? »

Terrible, cette peur qui la prend dès que la nuit tombe, nuit noire comme le tombeau qui l'attend. Elle *pense* davantage à la mort, je crois, qu'elle ne veut bien le dire.

Pendant le dîner, elle nous a annoncé :

« Ce soir, je vais mourir…

— Pourquoi tu vas mourir ce soir ?

— Je vais me nourrir ?

— Non, tu as dit mourir.

— Oui, c'est inscrit sur le tableau. »

Elle parle sans doute du tableau sur lequel sont notés les menus quand nous sommes à Paris, Lison et moi.

Aujourd'hui encore, elle m'a dit, un peu paniquée :
« Je ne veux pas mourir…
— Mais pourquoi tu parles de mourir, maman ?
— Comme tous ces suicidés qui sont morts… »
Je comprends qu'elle a dû voir, à la télévision, des suicides ou des morts.
« Mais non, maman, tu ne vas pas mourir. »
Je la rassure avec des mots hypocrites, car elle va mourir. Demain, dans un mois, dans un an… Elle rôde, la gueuse, et maman la sent et elle la repousse de toutes ses forces. La mort n'a jamais été à son programme. Oui, j'espère qu'elle mourra dans son sommeil, car je suis sûre qu'elle n'aura pas une mort sereine. Elle luttera, comme elle a toujours lutté, contre les évidences les plus évidentes. Mais sa mauvaise foi ne lui sera, hélas, d'aucun secours face à cette ennemie-là.

Lasse de vivre, ayant peur de mourir, pareille
Au brick perdu, jouet du flux et du reflux
Mon âme pour d'affreux voyages appareille.
(Verlaine dans *Melancholia*)

Elle s'est relevée vers minuit. Elle avait remis tous ses colliers sur son pyjama – elle en met quatre ou cinq chaque jour – et elle voulait enfiler sa veste pour qu'on l'emmène se promener. Je pense qu'il faut lui donner un somnifère plus fort. Je vais en parler au docteur P.

Sur les conseils du médecin, je lui donne un nouveau somnifère, juste avant le dîner. Peut-être trop tôt. Avant le dessert, elle divague : « Dès que les enfants arrivent, c'est foutu… Sait lire et écrire… » Puis elle bredouille, et soudain sa tête s'affaisse. On décide de la remonter dans sa chambre. Elle n'arrive pas à décroiser les jambes. On l'aide. Heureusement, Toumie est là, car même à trois nous avons du mal à la remonter par ce foutu escalier. Du mal aussi pour la déshabiller tandis qu'elle continue de marmonner. On l'assied enfin sur son lit, on lui soulève les jambes et hop, on la bascule. Elle sombre dans la seconde. C'est sûr, on a la paix ce soir ! Mais bon, on tâtonne pour trouver le bon traitement. Je ne peux pas m'empêcher de penser que ce serait facile de la tuer… sans grand risque, vu son âge et son état. Cela a dû arriver et je donne l'absolution à ceux qui l'ont fait ; car il faut beaucoup aimer, et avoir été beaucoup aimé, pour résister à la tentation. Ou ne pas y résister, et faire ce qu'on doit faire…

Pour la première fois, on en parle sérieusement, Lison et moi : sur le principe, nous savons depuis longtemps que nous sommes d'accord, mais aujourd'hui nous devons envisager de passer du principe à la réalité. On ne peut pas la regarder se dégrader encore et encore… On n'a pas le droit de lui infliger cette humiliation. Oui, nous lui devons cette ultime preuve d'amour, qui est aussi le respect de sa volonté toujours affichée. Avant qu'elle ne devienne complètement dépendante, avant qu'on ne soit obligées de la mettre dans une *maison.* Mais la mettre dans une *maison*, ce serait la trahir. On préfère être hors la loi. Donc nous ferons notre devoir, car c'est un devoir. Personne ne se résout de gaieté de cœur à aider quelqu'un qu'il aime à mourir.

On se souvient de Freud qui s'était mis d'accord avec son médecin pour qu'il abrège ses souffrances, le moment venu. On se souvient de Mireille Jospin, la mère de Lionel, dont maman avait beaucoup admiré le suicide. Comme elle, et comme nous, c'était une militante active de l'ADMD (Association pour le droit de mourir dans la dignité).

Mais comment faire ? L'euthanasie (la bonne mort, dans l'Antiquité grecque et juive) n'est toujours pas autorisée en France et nous ne pouvons pas demander de l'aide au docteur P., son médecin traitant ; le risque serait trop grand pour lui. Même si je suis sûre qu'il pense comme nous.

En réfléchissant, un nom s'impose très vite : Francisco. C'est un ami de jeunesse, médecin, que nous n'avons jamais perdu de vue. Quand j'ai un problème de santé un peu bizarre – et j'en ai beaucoup –, c'est toujours lui que j'appelle. Il m'écoute, me rassure, et me conseille. Il est fidèle et attentif, et j'ai une confiance totale en lui. Il a eu la bonne idée de naître à Bruxelles, pays où l'euthanasie est légalisée. En plus, c'est un admirateur de maman et de ses combats avec l'ADMD. Peut-être acceptera-t-il de nous aider…

Dès mon retour à Paris, je l'appelle.

Je m'endors soulagée et heureuse d'avoir une sœur dont je suis si proche. Je mesure ma chance : notre chance ! Je sais que maman serait fière de nous. J'aurais tant aimé pouvoir lui dire : « Ne t'inquiète pas, maman, on ne va pas te laisser tomber… »

Avec Lison, notre complicité vient de loin : elle s'est bâtie sur une franche détestation mutuelle mêlée à cet amour-jalousie, à nul autre pareil, qui lie les frères et sœurs. Enfants, nos disputes étaient incessantes et on en venait souvent aux mains : « Pire que des garçons », disait maman, pas encore vraiment féministe ! Je me souviens des batailles rangées, avec les fils des fermiers, en Bretagne, dans des vergers dont les pommes étaient petites, vertes et très dures. Quand l'une de nous était trop visiblement marquée, elle devenait l'esclave de l'autre, le temps que la marque disparaisse. C'est-à-dire que la *bourrelle* devait faire les corvées, comme mettre le couvert, débarrasser la table, vider les poubelles… On avait un code pour rappeler à l'autre, sans que les parents s'en aperçoivent, que c'était elle qui devait s'y colleter, sous peine d'être dénoncée. On disait : « Pomme ! », et l'autre s'exécutait…

Lison a été le premier grand chagrin de ma vie : sa naissance m'a détrônée de ma place d'enfant unique et j'ai mis du temps à m'en remettre. D'ailleurs, m'en suis-je remise ? J'ai régressé, ne parlant plus, ne voulant plus manger, pleurant pour un oui ou un non, moi qui ne pleurais, paraît-il, jamais. Maman a dû m'envoyer à Toulouse, chez ma marraine, pour que je retrouve du goût à la vie.

Quand je suis rentrée à Paris, j'ai hélas retrouvé Lison ! Pour me changer les idées, maman m'a fait enregistrer un 78 tours à l'ORTF, où elle travaillait à l'époque. Elle avait une émission hebdomadaire : *Rendez-vous à 5 heures*. Avec son technicien aux manettes, elle m'a fait chanter la première chanson que je connaissais par cœur : *Ma doudou est partie tout là-bas / D'l'autre côté de la mer…* Puis, elle m'a posé des questions sur Lison. Erreur fatale !

« Je n'ai pas de sœur…

— Mais si, voyons…

— Non, j'en ai pas.

— Enfin, Blandine…
— Non.
— Et Lison, alors ?
— Elle est partie…
— Comment ça, partie ?
— Partie… Très, très loin.
— Mais pas du tout, Lison est à la maison.
— Non… Elle est morte ! »

Jeunes filles, on était aussi dissemblables que possible : Lison, brune et mince, moi blonde et ronde. Elle sérieuse, soi-disant, moi légère, soi-disant ! Et tandis que je multipliais les aventures, elle se mariait à 20 ans – pas pour longtemps – avec un Suisse allemand très riche et charmant qui l'aimait habillée en Léonard, un couturier bon chic bon genre. Maman préférait nettement ses tenues aux miennes, beaucoup plus provocatrices. C'est après le divorce de Lison qu'on s'est rapprochées. Je sais que plus rien ni personne ne pourra nous séparer : on s'est tout dit, tout fait – sauf piquer l'amoureux de l'autre ! – et notre complicité est inentamable. Plus nous vieillissons, plus nous mesurons le prix de notre enfance partagée et de nos souvenirs communs. L'autre est la seule qui sait qu'on a été une petite fille, ce que nos enfants ont du mal à imaginer ; l'autre est la seule avec laquelle on a toujours 10, 20 ou 50 ans…

On est le 28 décembre, il reste une journée avant notre départ mais déjà, nous sommes épuisées par nos *vacances*.

Au petit déjeuner, Lison me dit : « Je n'ai plus aucune empathie pour maman, c'est terrible. Je n'éprouve plus de tendresse, alors que toi oui, je le vois… Pourtant, je l'ai follement aimée… »

Une demi-heure plus tard, je la vois arriver, bouleversée, les larmes aux yeux : maman, tout à coup lucide et déprimée, lui a dit que sa vie n'avait plus d'intérêt, qu'elle ne pouvait plus conduire ni jardiner, ni rien. Qu'il ne fallait pas qu'elle s'obstine à vivre, et qu'allait-on faire de Hyères, garder la maison ou la vendre… Et Doëlan ? Et Paris ? Puis, au bout d'un moment, avec son incroyable force vitale : « Bon, chassons les idées noires et parlons d'autre chose. » Évidemment, Lison a retrouvé tout son amour et toute sa tendresse pour elle.

« Tu vois, je suis bien punie de ce que j'ai dit tout à l'heure… Et ça va être plus dur qu'on ne le croit, sa mort, même si on la souhaite : et pour elle, et pour nous. »

Je pense à Paul qui avait dit : « Il faut bien se décider à mourir un jour. » Ce qu'il avait fait très peu de temps après…

Nous sommes parties le cœur serré à l'idée de la laisser seule dans cette non-vie qui lui ressemble si peu. D'autant que nous savons que cette tristesse et cette lucidité soudaines sont dues, aussi, à notre départ. D'habitude, on part soulagées, allégées, heureuses de nous retrouver tout à nous, loin de notre mère morte.

Non, je ne suis pas admirable de dévouement, mais je ne trouve pas admirable d'être admirable dans l'oblation totale, le sacrifice de soi et de sa propre vie. Maman nous a donné l'exemple avec sa mère et sa sœur, n'allant que très peu les voir pendant leur Alzheimer : « À quoi bon, elles auront oublié, cinq minutes après mon départ, que j'étais là. Et puis l'égoïsme, c'est la santé ! »

Ce matin, au téléphone, elle se plaint d'avoir mal.

« Où maman ?

— Je ne sais pas…

— Tu as vu le docteur, aujourd'hui ?

— Le moteur ?

— Le DOCTEUR ?

— Il a plu ?

— Non, maman, à Paris, il fait beau.

— Oui, les petits bateaux… »

Nos *conversations* oscillent entre Jean Tardieu et le cadavre exquis des surréalistes.

Elle a besoin de tendresse, de mots doux. Quand je l'appelle, je lui dis toujours :

« Bonjour, ma petite maman chérie…

— Bonjour, mon chéri », me répond-elle tendrement, comme si ce mot si souvent répété dans notre vie commune rétablissait le circuit de l'amour. Pendant quelques secondes, elle est ma mère aimante. S'ensuit un dialogue sans queue ni tête : ce n'est pas qu'elle perd le fil, il n'y a plus de fil. J'écourte assez vite. Le principal a été dit : *Chérie*…

Maman adorait raconter l'histoire de Clemenceau, alors jeune secrétaire d'un sénateur vieillissant, qui lui demandait de le prévenir quand il commencerait à gâtifier : « Feu ! » a répondu Clemenceau.

Fin d'année sinistre, perspectives sinistres. En plus, j'ai une angine, contrecoup de ce Noël lugubre. Mais je ne suis pas seule pour affronter la maladie et la déchéance de maman. Sans Lison, ce serait vraiment dur. Je plains les enfants uniques… Et puis, j'ai Violette : depuis qu'elle est mère, on s'est beaucoup rapprochées. Tout de même, ce n'est pas de chance d'avoir sa fille dans les Alpes et sa mère dans le Var.

Je pars pour Chamonix, le 31 au matin, réveillonner avec Violette, Pierre et Zélie. Ça sera plus gai qu'à Hyères ! Même si ma fille me reproche de privilégier maman. Mais maman n'est pas éternelle… Et je lui promets qu'on se rattrapera, dès que je serai à la retraite.

2016

Heureusement que nous sommes entourées d'amis fidèles. En particulier Catherine, qui est gentiment venue réveillonner avec notre mère, le 31 décembre, comme elle l'avait déjà fait l'année dernière.

J'ai rencontré Catherine en 1988, grâce à Paul, avec lequel elle écrivait une adaptation d'un de ses romans pour le cinéma. À l'époque, elle était quasiment muette et d'une timidité maladive. Peu à peu, j'ai découvert son passé d'enfant abusée et abandonnée à la DDASS. Elle en a fait un roman, *Princesse d'ailleurs,* que j'ai publié deux ans plus tard, dans la collection que je venais de créer, « Stock Bleu ». Paul, bien sûr, a écrit la préface. C'est une vraie généreuse : elle a monté une association de parrainage pour les enfants malheureux en France, Parrains par mille. Les parrains et marraines, toujours des voisins, prennent en charge des enfants dont les parents sont soit en prison, soit à l'hôpital, soit inaptes pour un temps plus ou moins long, afin d'éviter qu'ils soient placés à la DDASS dont elle connaissait trop bien les conséquences douloureuses. Maman en est la présidente d'honneur avec Boris Cyrulnik. Catherine et lui ont écrit deux ou trois livres sur l'enfance fracassée, un sujet qu'ils ne connaissent que trop bien. À l'époque, c'était Toumie – elle habitait encore Paris – qui recevait les aspirants au parrainage, afin d'écarter ceux qui présentaient un danger potentiel pour les enfants. Tâche délicate, même pour une psychanalyste avisée comme elle.

Catherine a un fils de l'âge de Violette et, dans leur enfance, nous avons passé beaucoup d'étés tous les quatre à Hyères. Notre famille est devenue la sienne. Elle s'est tendrement occupée de Paul, à la fin de sa vie, venant « remplacer » maman quand elle s'échappait deux ou trois jours pour respirer l'air impur, mais si stimulant, de Paris ! Et maintenant, elle s'occupe tout aussi tendrement d'elle.

Pour le réveillon, elle est venue avec Guy, son compagnon. Ils ont tout apporté et dressé une belle table dans la salle voûtée. Catherine, qui veut tout voir en rose, surtout en ce qui concerne maman, me dit qu'elle l'a trouvée bien : « Oui, oui, elle se répète, elle oublie beaucoup de choses, mais on parle... » Tu parles ! Je suis agacée par ce monde merveilleux où on fait semblant de croire que, même à 95 ans, on est toujours aussi beau et spirituel que dix ans plus tôt. C'est pareil avec les dames qui ne veulent voir que le bon côté des choses. Maman les épate, ou plutôt, Benoîte Groult les épate. Plus tard, elles pourront raconter combien elle était extraordinaire et intelligente.

Tant mieux, Lison et moi, on a besoin de ces femmes énamourées pour lesquelles maman n'est pas qu'une vieille dame parmi d'autres.

Le 1er janvier, je l'appelle pour lui souhaiter une bonne année.

« Tu vas mieux ? me demande-t-elle immédiatement d'un ton anxieux.

— Oui, mais bonne année, maman chérie. On est le 1er janvier…

— Ah bon… »

Elle a oublié qu'on est le 1er janvier, mais elle n'a pas oublié que j'ai une angine.

Étonnant comme l'amour maternel survit à tout, même à Alzheimer !

Notre souhait, à Lison et moi, pour cette nouvelle année ? Que maman meure le plus vite possible, avant d'être complètement alzheimérisée. Je sais que cela aurait été le sien aussi.

Le 7 janvier, à 21 heures, je reçois un coup de fil du docteur P. m'annonçant que maman est tombée dans son foutu escalier : en deux secondes, le temps que H. rattrape son portable, tombé à ses pieds, maman a perdu l'équilibre et dévalé trois ou quatre marches. Elle s'est retrouvée affalée sur le carrelage, inconsciente. Le docteur P. est arrivé dans les dix minutes et a appelé le SAMU pour la transporter à l'hôpital. Il y est avec elle et il me rappellera dès qu'il en saura plus.

J'ai le cœur qui bat à cent à l'heure, je téléphone à Lison et à ma fille : on essaie de se donner du courage. Violette est tendre comme elle sait si bien l'être : elle me rappelle plusieurs fois dans la nuit et trouve les mots qui me permettent de tenir en attendant les nouvelles du docteur P.

Vers minuit, il me téléphone enfin. Il est inquiet, car maman est toujours inconsciente, et les médecins craignent un hématome intercérébral : « Je pense qu'il faut que vous descendiez à Hyères ce week-end », me dit-il sur un ton grave. Ces mots me glacent. Est-ce le moment où la mort va la prendre ? J'ai le cœur dans un étau. La reverrai-je vivante ? Consciente ? Mais surtout, qu'elle ne devienne pas un légume.

Pourtant, elle était un peu mieux depuis deux ou trois jours, et Catherine devait l'emmener déjeuner à Salinas, le restaurant au bord de la mer qu'elle aime tant. Je suis follement inquiète. Ma petite maman chérie, est-ce que tu souffres ? Est-ce que je vais te revoir vivante ? Mais pourquoi es-tu si loin ? Violette me dit : « Maman, c'est peut-être le moment pour Benoîte, il faut que tu sois forte. Tu sais bien qu'elle ne supporterait pas cette vie qu'elle mène depuis quelque temps… »

Elle a raison, mais la mort de ma mère, je l'espère autant que je la redoute : c'est ça qui est difficile à vivre.

Ce matin, à 11 heures, le docteur P. me dit qu'elle est à nouveau consciente et qu'elle l'a reconnu. Si tout va bien, elle quittera dans deux ou trois jours les urgences pour le service de gériatrie. Mais elle souffre d'une hémorragie cérébrale, d'un hématome dans le cerveau et d'une petite fracture du bassin.

Nous partons demain matin. L'avenir est inquiétant : « Encore vingt-quatre heures dangereuses, me dit le docteur P., puis dix jours où tout peut arriver… »

Elle va rester immobilisée longtemps. Remarchera-t-elle ? Je dis au docteur P. que nous ne voulons pas d'acharnement, et elle non plus. Il est d'accord, il le savait déjà : il a lu sa lettre et elle lui en avait parlé.

Je suis soulagée. D'abord parce que je vais la revoir consciente, même si la Camarde rôde – Encore une minute, s'il vous plaît, monsieur le bourreau – et aussi parce que je sais qu'on aura la force, le moment venu, de faire ce qu'il faut et ce qu'elle aurait voulu.

Quand nous arrivons à l'hôpital, elle est très agitée, sans doute parce qu'elle est attachée avec des sangles sur un fauteuil. Elle n'a pas le droit de marcher, à cause de son bassin. Finalement, c'est l'ancienne fracture, non détectée en octobre après sa chute, qui s'est fissurée. Je comprends qu'elle ait eu du mal à marcher… Son visage est contusionné, rouge-violet, impressionnant.

Elle veut absolument se détacher, tripote ses sangles et tire dessus de toutes ses forces. Elle réclame des ciseaux et répète :

« Mais comment je vais partir ?

— Tu ne peux pas partir, maman, tu as eu un accident. Tu es immobilisée car tu dois réparer ton bassin.

— Tu as vu un sein ?

— Maman, tu es tombée dans l'escalier et tu as un hématome cérébral, il faut te soigner.

— Mais pas du tout, je ne suis jamais tombée, je vais très bien. Je pars quand à Paris ?

— Pour l'instant, on te soigne ici, c'est indispensable.

— Mais non, tu as une vision complètement faussée. Il y a des gens qui restent trois mois ici… »

Elle est tout de même contente de nous voir, même si depuis une heure qu'on est là elle ne pense qu'à s'échapper. Obstinée, comme elle sait l'être. C'est fou comme on voit le noyau dur des êtres, qu'ils soient nouveau-nés ou vieillards.

Les infirmières nous disent qu'elle est difficile à soigner : elles essaient de la calmer, mais comme elle prend des somnifères depuis soixante ans, ce n'est pas simple. Cette nuit, elle a dépiauté sa couche en mille morceaux et réussi à abaisser la barrière de son lit. Elle a aussi arraché sa perfusion.

Ce matin, elle a encore dépiauté sa couche qui gît en petits morceaux autour de son fauteuil… C'est très joli, on dirait de la neige !

Quand on l'embrasse, avant de partir : « Je ne veux pas que vous me laissiez ici, comme ça… »

C'est pathétique de la voir se débattre comme un insecte épinglé qui n'a aucune chance.

Le lendemain, dans cet hôpital où Paul est mort, il y a douze ans bientôt : « Mais comment je vais me reconvertir », nous répète-t-elle inlassablement. Seule phrase sensée, aujourd'hui avec : « Vous appelez quand le taxi ? »

Les infirmières nous disent qu'elle a encore coupé sa perfusion, ce matin, avec le couteau du petit déjeuner.

Le jour suivant, elle est toujours agitée, et continue de nier sa chute.

« Inconsciente, moi ? Jamais. On ne me l'a jamais dit.

— Maman, tu as un hématome dans le cerveau, c'est pour ça qu'on te garde à l'hôpital.

— Mais non, je ne te crois pas du tout. Vous n'avez pas des ciseaux ? On rentre quand ? Vous pouvez me prendre chez vous, à Paris… Je serai très bien, chez vous. »

Le dernier jour, nous la croisons dans le couloir de l'hôpital, marchant seule, en chaussons et robe de chambre. Comment a-t-elle fait ? Elle voulait s'enfuir évidemment, la pauvre chérie. Nous appelons les infirmières, qui la rattachent à son fauteuil. Et ça recommence, comme hier.

« Je pars quand ? Appelez un taxi.

— Tu dois rester en observation, maman, encore quelques jours.

— Non, non, non… Quelle malchance de vous avoir rencontrées ! » s'exclame-t-elle en nous regardant d'un air peu amène. Et soudain, espiègle :

« Vous m'emmenez dîner où, ce soir ? Au Grand Véfour ?! »

Retour sinistre à Paris. Si tout va bien, elle sortira dans cinq ou six jours. Nous aurons des nouvelles quotidiennes par le fidèle docteur P.

Et je décide d'appeler Francisco très vite.

Hier au téléphone, maman a dit à Lison, entre deux borborygmes : « Je suis incarcérée. » C'est triplement vrai : elle est à l'hôpital, elle est attachée, et elle est prisonnière de son corps et de la vieillesse.

Paulette, Mireille et H. sont gentiment allées la voir : « Vous avez des ciseaux ? Non ? Vous êtes des nulles ! »

Toujours le mot qui fait plaisir !

De retour à la maison, maman reste couchée et prend tous ses repas au lit. H. la trouve très confuse, et pas toujours *gérable*. Elle lui a dit que, si elle n'était pas sage, on la ramènerait à l'hôpital… C'est horrible, mais je sais que H. est une gentille. Moi-même, j'ai parfois envie de lui dire des choses horribles du même genre. Je me retiens, bien sûr.

Lison a rêvé que maman avait déféqué dans son lit. Il y en avait partout, dans son pyjama et dans ses draps. Ce matin Paulette me dit qu'elle s'est souillée dans son sommeil et qu'elle s'est essuyée, tant bien que mal, avec les draps. Du cauchemar à la réalité...

Tout à l'heure, au téléphone, elle était plutôt lucide : sa petite voix tendre me bouleverse.

« Je suis déprimée ce matin, comme si je n'avais plus de tension.

— Est-ce que tu manges bien ?

— Oui, oui...

— Tu as vu le docteur ?

— L'horreur ?

— Bon, je t'embrasse très fort, ma petite maman chérie.

— Je le prends comme tel... »

Le 31 janvier, c'est son anniversaire : nous le « fêterons » ensemble, comme d'habitude. Je lui dis qu'on arrive bientôt : « Je serai peut-être morte », me répond-elle. Ensuite, son élocution devient pâteuse.

« Ça va, maman ?

— Non... ça va mal. (C'est très rare qu'elle dise ça.)

— Mais pourquoi, maman chérie ?

— Eh bien, j'ai mal à la tête, c'est bizarre. (Pas vraiment !)

— J'arrive bientôt, tu sais, avec Lison, pour ton anniversaire.

— Quand ?

— Dans trois jours, maman.

— Oh, c'est loin. Écoute… Heu… Heu…

— Oui, c'est ça, maman chérie, à très vite. Je t'embrasse fort. »

Mireille m'annonce qu'elle porte des couches jour et nuit maintenant. Elle les découpe avec des ciseaux, ainsi que ses boutons de pyjama ou de chemisier. Elle adore aussi couper ses ceintures en deux. Mireille a caché les ciseaux. Tout ça me fout un cafard noir. Envie de pleurer dès qu'on me parle d'elle. Et maintenant qu'elle est sauvée – pour cette fois –, je me mets à souhaiter sa mort plus que je ne la redoute.

Dans le journal de maman :

« La vue de la mère de Paul qui décrépit doucement me confirme dans la décision de ne pas me laisser mourir à petit feu. La déchéance physique, passe encore, si l'intelligence reste, sinon intacte, du moins correcte. Mon métier, ma dignité, c'est de parler et d'écrire. À quoi servirait de végéter en disant des conneries ? »

Je lis, avec horreur, qu'on a dénombré vingt et un mille centenaires en France, dont 84 % de femmes. C'est le chiffre le plus élevé d'Europe.

Lison et moi avons dîné avec Francisco. Il nous a écoutées attentivement et a posé des questions précises. On lui a montré une vidéo de maman faite la semaine dernière, pour qu'il se rende compte de son état. Il a été atterré. La dernière fois qu'il l'a vue, c'était en 2012, à un congrès de l'ADMD, et il avait été époustouflé par sa forme physique et intellectuelle. Il pense, comme nous, que ce serait inhumain de la laisser dépérir au-delà du supportable. Il connaît ses combats et il a lu *La Touche étoile* où l'héroïne exige le droit de mourir à sa convenance. Il nous promet qu'il sera là, le jour où nous aurons décidé que le moment est venu. Nous sommes très émus, tous les trois, et je lui dis qu'il me fait penser au professeur Schwartzenberg, que Paul et maman aimaient et admiraient beaucoup : un des rares qui a eu le courage d'aider à mourir ceux de ses patients, en phase terminale, qui le lui demandaient. Le courage de l'écrire aussi…

Notre soulagement est immense et notre reconnaissance lui est à jamais acquise. « Merci d'être qui tu es », lui ai-je dit en l'embrassant quand nous nous sommes quittés.

Nous avons décidé de prêter l'appartement de la rue de Bourgogne à Denise Bombardier et son mari qui viennent passer quelques jours à Paris. Maman n'y remettra plus les pieds. Nous y allons pour ranger et nettoyer. On se rend compte que ça fait un an – deux ans ? – qu'elle n'est plus capable de mettre de l'ordre dans ses papiers. Tout est mélangé et *rangé* dans des endroits improbables. Elle gardait tout, y compris les cartes de visite qu'elle recevait, coupées en deux pour faire des listes derrière.

J'éprouve un sentiment très désagréable à *fouiller* dans ses affaires, comme si elle était déjà morte. Mais n'est-elle pas déjà morte ? Une morte sans cadavre. C'est peut-être pire.

On a rempli trois grands sacs-poubelle. Et on a mesuré le travail qui nous attend, le jour où… Paris, Doëlan et Hyères, ses trois maisons. Heureusement, elle a vendu l'Irlande, juste avant la mort de Paul.

J'ai pris (volé ?) un sac à main Longchamp parmi ses douze sacs. J'ai pris aussi une jolie boîte en nacre que je lui avais offerte, parmi les dix ou vingt boîtes de toutes les tailles. Maman chérie qui ne reviendra jamais dans cet appartement.

Je relis mes notes sur la maladie de maman. Non, je ne me sens pas espionne en décrivant ta déchéance. Toi la première, tu as écrit sur tout, sans tabou ni fausse pudeur – crûment même. Tu n'épargnais personne : ni tes parents, ni Paul, ni toi-même… Quand Simone de Beauvoir a publié *La Cérémonie des adieux* et *Une mort si douce*, beaucoup de gens lui ont reproché d'avoir raconté, sans rien édulcorer, la fin de Sartre et de sa mère. On la défendait toujours, toi et moi, persuadées qu'on devait tout dire : le meilleur et le pire. *Aller au bout de l'humaine condition*, comme l'écrivait Montaigne… Et Simone comme maman – et Montaigne ! – avaient fait de leur vie leur matière première.

Hier matin, Mireille a encore retrouvé maman souillée dans son lit. Elle a une diarrhée très forte. Elle l'a lavée, changée, et elle a refait entièrement son lit. Je suis inquiète. D'autant que ça continue aujourd'hui et qu'elle dort presque tout le temps. Le docteur P. a peur d'une hémorragie digestive. Après tout, elle a eu un ulcère perforé et un cancer du rectum : elle est donc fragile de ce côté-là. J'ai peur que le crabe refasse des siennes. On lui fait une prise de sang ce matin.

Je continue de lire son journal, si vivant, lui. Et je me demande si ma fille lira le mien, un jour, avec autant d'intérêt. Car la tradition familiale a perduré avec Lison, Violette et moi : toutes les trois, nous avons tenu un journal qui n'avait d'intime que le nom puisque, chez nous, il semble que sa destination première soit d'être lu (en cachette, bien sûr) par toute la famille. Sauf Paul, qui ne s'est jamais adonné à ce genre et qui ne trouvait pas notre curiosité très respectable… Moi, j'ai toujours pensé que c'était une curiosité légitime, pour ma fille, en tout cas. Il fallait que je sache si elle allait bien ou si je devais m'inquiéter. De temps en temps, elle me le faisait lire avec moult avertissements : « Maman, je te préviens, il y a des choses méchantes sur toi, tu ne vas pas te fâcher ? – Mais non, ma chérie, c'est normal d'écrire des horreurs sur ceux qu'on aime le plus, et qu'on déteste parfois. »

Et je lisais avec elle des pages où elle avait noté rageusement : « Je hais ma mère, c'est la pire de toutes, c'est une conne, elle ne comprend rien… »

Dans le journal de maman, je ne découvre rien que je ne connaisse déjà : on a parlé de tout et il n'y a jamais eu de secret entre nous mais, ce qui me sidère, ce sont ses mensonges sur les maladies dont elle souffrait, dès le début de la soixantaine. Arthrose généralisée, avec des crises violentes, les chevilles qui gonflent pour un rien, sinusites, bronchites, angines à répétition. Je me rends compte à quel point nous vivions, Lison et moi, dans une imposture quant à sa santé. Par exemple, elle écrit en toutes lettres le mot *lumbago*, alors qu'elle a toujours prétendu avec force – et on y a cru – n'avoir jamais eu mal au dos de sa vie.

Cela me rappelle sa réaction lorsque je lui ai annoncé, il y a trois ans, que mon nodule au sein, après ponction, était bénin : « Mais je le savais, chérie, il n'y a pas de cancer chez nous ! »

Elle avait tout de même été opérée d'un cancer du sein, puis du rectum !

Elle se plaint beaucoup de sa vie en Irlande, exténuante certes, mais qu'elle a choisie. Maman qui s'est tant battue contre la vieillesse et la maladie ne supportait pas de voir Paul s'y abandonner. Il lui renvoyait une image dans laquelle elle refusait de se voir. Mais je crois qu'on s'empoisonne en ne laissant pas sortir, par des mots et des soins appropriés, les maux physiques.

Rencontré notre ami Christian : on parle de la *maison* où il faudra peut-être, un jour, mettre maman, si ça dure… C'est désormais notre discours officiel, puisque nous n'avons informé personne de notre décision. Lui-même a mis sa mère, elle aussi atteinte d'un Alzheimer, dans un EHPAD, et il nous dit : « Attention, il faut savoir que beaucoup de malades meurent très vite après leur installation. »

La sienne est morte six mois plus tard, à 96 ans. Il y a pire…

Oui, j'ose le dire !

Maman a 96 ans, aujourd'hui. Hélas ! Absente, lointaine, heureuse quelques secondes de notre arrivée, pas plus. Je cache sous une gaieté forcée mon saisissement chaque fois que je la retrouve, toujours moins bien que la fois précédente : « Maman, maman chérie, comment vas-tu ? »

Nous sommes accompagnées de Marie, notre demi-sœur du côté de Caunes, que maman aime comme si c'était sa fille. Et nous pareillement puisque vu son âge (45 ans) elle pourrait aussi être la nôtre. Notre père lui interdisait de lire les livres de maman – ce qu'elle faisait en cachette – et elles ne se sont rencontrées qu'après sa mort. Ce fut un coup de foudre et depuis, elles s'adorent. Papa doit se retourner dans son urne !

Marie est une grande belle blonde sur laquelle on se retourne dans la rue. Et pour le caractère, aussi spectaculaire que son physique, c'est un mélange de Mme Sans-Gêne et de Brigitte Bardot. Généreuse et tonitruante, elle a tous les culots et tous les courages, pour s'interposer et défendre les plus faibles. Elle est folle d'amour pour tous les animaux de la terre, y compris les plus répugnants ! Elle a d'ailleurs travaillé avec Bardot pour sa fondation. Maintenant, elle fait de la marqueterie de paille dans l'atelier de Lison.

C'est la seule des cinq enfants de papa, de trois mères différentes, qui osait le toucher. Car notre père était incapable de montrer, par des gestes ou des mots, son amour : sa froideur distante entraînait la nôtre. Excellent journaliste, il était à l'écoute du monde mais pas des siens. Marie et Pierre, les deux derniers, et les seuls qu'il a élevés – les pauvres ! – n'en sont pas sortis indemnes.

Je revois Marie adolescente, s'asseyant sur ses genoux une cigarette au bec alors qu'il lui interdisait de fumer, comme il interdisait tout. Interdire, pour des motifs obscurs, était sa façon d'éduquer ; et peut-être d'aimer. Marie, assise sur ses genoux, donc, l'embrassait en lui ébouriffant les cheveux et en lui soufflant au visage sa fumée. Papa était décontenancé, un peu ému et assez mécontent, mais il ne protestait pas. Marie l'idolâtrait, ce qui ne l'empêchait pas de jurer qu'elle foutrait le camp à 18 ans, parce qu'il était impossible à vivre. Ce qu'elle a fait, le jour de son anniversaire, pour s'installer à Montpellier avec un amoureux. Elle y est restée deux ans et elle n'a plus jamais vécu chez ses parents, même si elle les voyait beaucoup et les appelait tous les jours.

Comme papa, elle a un caractère de chien. Rien ni personne ne peut la dompter. Mais contrairement à lui, c'est une expansive débordante d'amour.

Jeune fille, elle n'avait aucune ambition professionnelle, au grand dam de notre père. Elle voulait vivre à sa guise et selon son bon plaisir.Elle a donc travaillé à droite et à gauche, toujours des boulots intéressants mais jamais longtemps car, sur un mot de travers, elle foutait le camp.

Grâce à Lison, elle a trouvé une stabilité et c'est la seule personne – avec moi – dont elle admet une remarque ou une critique, car nous aussi, elle nous idolâtre. Au téléphone, elle dit toujours : « Ma sœur adorée, comment vas-tu ? », et dans ses SMS : « Mes sœurs chéries, je vous aime et je vous admire. Vous êtes mes modèles. »

On s'habitue vite à ce miel exquis !

Tout à l'heure, Vickie est venue, comme chaque mois, faire les mains et les pieds de maman.

« Tu vas avoir des beaux pieds, maman.

— Ça me fait une belle jambe ! »

Au soleil, dans le jardin, nous buvons toutes les trois le café en lisant le *Journal du dimanche*. Soudain, Lison s'exclame : « Écoutez, les filles ! “*À l'aube, je me suis levée pour regarder par la fenêtre minuscule de quel gris était la pluie. Des rouleaux d'écume se pourchassaient sur la plage en contrebas." Extrait de* La Touche étoile. *Hommage à Benoîte Groult née le 31.01.1920.* » On est émues comme des gamines.

On remonte au salon où maman, comme d'habitude, est figée devant la télévision, et on lui lit ces quelques lignes : « Ah, ah, ah bon… » Son ton est neutre. Elle ne réagit pas. Elle ne comprend plus, c'est tout.

Pour son dîner d'anniversaire, nous avons invité Toumie, le docteur P. avec sa femme, et Philippe Margolis : de vrais amis qu'elle connaît depuis longtemps, afin qu'elle ne se sente pas dépaysée. Philippe, un marin, était très proche de Paul qui l'avait connu sur son bateau, dans les Antilles où il vivait avant de s'installer à Hyères. L'amour de la mer les avait réunis et nous avons fait de merveilleuses croisières avec ce capitaine émérite. Nous sommes d'autant plus proches qu'il a épousé une de nos amies intimes, Marie-France.

Nous dressons la table dans la pièce voûtée, un grand feu crépite dans la cheminée, les bougies nous rendent belles : « Quel est votre secret de beauté ? demande Lison, rigolarde. L'obscurité ! » Je reconnais Florence Foresti.

Ses cadeaux, maman les regarde à peine, après que je les ai ouverts. Apparemment, elle ne savait plus les ouvrir, ou qu'il fallait les ouvrir. Elle ne semble même pas contente. En fait, elle n'est plus là…

Elle n'a pas dit un mot de la soirée, et elle a voulu aller se coucher après les huîtres, qu'elle a appréciées, mais sans goûter le délicieux saumon en croûte. Et bien sûr, avant son gâteau d'anniversaire pour lequel j'avais apporté de Paris deux bougies : un 9 et un 6.

Nous continuons la soirée en buvant beaucoup et en évoquant nos souvenirs. « Tu te souviens de la fois où… »

Philippe nous rappelle l'exploit de maman, il y a dix-huit mois… Il y a un siècle ! Il l'avait accompagnée à la remise de Légion d'honneur de notre ami Boris Cyrulnik et, au retour, en la déposant devant sa porte, il lui avait demandé si elle avait ses clés : « Bien sûr ! » avait-elle répondu d'un ton sans réplique. Elle avait même sorti son trousseau et l'avait agité devant ses yeux. Philippe avait été rassuré. Il n'avait pas encore mesuré à quel point elle donnait le change. Mais qui l'avait mesuré, à part Lison et moi ? Il est parti et elle s'est aperçue, avec horreur, qu'elle avait un mauvais trousseau de clés. Il était 22 heures environ. Elle a raconté à Toumie, le lendemain, qu'elle avait envisagé toutes les solutions, y compris de dormir dans sa voiture. Sauf qu'elle n'en avait pas les clés non plus ! Elle s'était dit qu'elle n'était plus bonne à rien, qu'elle oubliait tout, bref, qu'elle n'avait plus ce qu'il faut pour continuer de vivre. Mais, coriace comme toujours, elle avait décidé de trouver une solution. L'idée de passer la nuit dehors l'horrifiait et, en même temps, la galvanisait. Pas de chance, Toumie n'était pas à Hyères ce soir-là, et maman ne se souvenait plus de l'adresse de Mireille qui n'habite pourtant pas loin. La seule solution : casser un carreau de la fenêtre de la chambre au nord dont les volets, comme d'habitude, n'étaient pas fermés. Elle trouve une petite barre en fer, à côté des poubelles, et elle s'y reprend à trois ou quatre reprises. Enfin, une partie de la vitre s'écroule. Elle passe une main prudente et réussit à ouvrir l'espagnolette. Elle enjambe le rebord, de quarante centimètres de haut à l'extérieur, et saute sur le lit, éloigné de soixante centimètres environ, mais à la même hauteur.

Elle ne s'est rien cassé et elle a passé une nuit divine dans son lit. « Fière comme Artabanne ! répète-t-elle à Toumie, le lendemain. Bon, finalement, j'ai encore ce qu'il faut pour continuer de vivre… Mais tu sais, je me suis posé la question, hier soir. »

Nous avons aussi parlé de Paul et de sa façon, si différente, d'affronter la mort. Je leur lis un extrait des *Choses de la vie*, que j'adore : *J'aurais voulu qu'on me laisse le temps de mourir* [le héros est en train d'agoniser dans sa voiture accidentée]. *Je ne sais pas comment expliquer cela : le temps de mourir, comme on prend le temps de vivre. J'avais depuis longtemps décidé de ne pas rejoindre la troupe désuète des gens d'âge qui s'obstinent, qui s'accrochent. J'aurais été un vieillard modèle, larguant chaque jour une amarre, m'appliquant au désintérêt. À force de couper patiemment les mille liens qui rattachent à la vie, j'en serais arrivé à ne plus être retenu par l'ancre de miséricorde et je serais mort non pas sans doute à ma guise, mais enfin j'aurais participé à ma fin. Je serais mort, on ne m'aurait pas tué, comme c'est le cas.*

Et c'est exactement ce qu'il a fait : il a largué les amarres, lentement et sûrement, jusqu'au jour où il a dit à maman, lui qui ne parlait jamais de la mort : « Il faut bien se décider à mourir un jour. » Et il est mort quelques jours plus tard. Je l'avais eu au téléphone, juste avant. J'étais rentrée de Hyères la veille et, à ma grande surprise, il m'avait demandé quand je revenais :

« Je ne sais pas encore, mon Paul, mais bientôt.

— Oui, mais viens le plus vite possible. »

Ce furent ses derniers mots à moi adressés. Quand je suis arrivée, trois jours plus tard, il était à l'hôpital et inconscient.

Ce qui est incroyable, c'est qu'il nous avait prévenus dans *L'Âge de Pierre*, écrit en 1992, soit douze ans avant sa mort : son héros se retirait du monde avant que le monde se retire de lui. Et c'est exactement ce qu'il a fait. Nous n'avions rien compris sur le moment ; on avait juste vu un livre magnifique et terrible.

Maman, qui ne sait plus lire l'heure, porte ses deux montres au poignet.

Le 1er février 2016, j'ai donné pour la première fois un bain à ma mère. Immense émotion. Sentiment troublant de l'inversion des rôles. Je l'ai savonnée doucement, longuement, sauf le sexe. Je n'ai pas osé. Le sexe de sa mère, ultime tabou, à la fois répugnant et sacré.

J'ai eu du mal à la faire entrer dans la baignoire car elle n'arrive plus à soulever ses jambes, ni à les plier et à s'asseoir.

« Mais comment je fais ? » demande-t-elle, d'un ton angoissé.

Je pense à Colombe disant à Flora, debout dans sa baignoire de la résidence de l'Épidaure :

« Assieds-toi, maman, assieds-toi…

— Mais où ?

— Sur tes fesses.

— Mais je ne sais plus où sont mes fesses… »

Après le bain, j'ai longuement massé son pauvre corps si maigre, si décharné, avec l'huile de magnolia qu'elle adore. Elle ronronnait. Et moi, j'étais presque heureuse. Même si affronter le terrible déclin de ma mère m'oblige à affronter le mien, à venir. Elle est ma vieillesse.

Elle va un peu mieux, ce matin. Je ne m'en réjouis qu'à moitié… Je pense à Edmonde Charles-Roux qui est morte il n'y a pas longtemps. Même âge, même état. Une amie de Paul et maman, surtout à l'époque de Gaston Deferre. Ils faisaient du bateau ensemble à Marseille.

Marie est très tendre avec maman : elle la prend dans ses bras, l'embrasse, la caresse, lui fait des déclarations d'amour tonitruantes. Car Marie est toujours tonitruante ! Ou alors éteinte, déprimée… C'est une grande fragile sous ses airs de matamore.

C'est la seule mère, à ma connaissance, qui osait appeler sa fille adolescente *mon petit boudin poilu*. Et sa fille le prenait très bien. Elle est d'ailleurs parfaitement équilibrée, sérieuse et insérée socialement : le contraire de sa mère au même âge…

C'est tout juste si elle ne dit pas à maman *mon vieux boudin poilu*. En tout cas, maman est heureuse de ces démonstrations, même si c'est fugitif : dans son œil passent des lueurs de… de quoi, au juste ? Disons un certain plaisir teinté d'étonnement.

Elle avale sans broncher la soupe qu'elle a toujours détestée : l'œil vide et les mains mortes sur ses genoux. Car ce soir on lui donne la béquée : encore une sinistre première.

« Ça va, maman ?

— Jusqu'à nouvel ordre.

— Tu as bien mangé ?

— Si on veut.

— Pourquoi si on veut ?

— Parce que je ne peux plus faire ma *boufticaille*. »

Un mot qu'elle n'a jamais utilisé.

Je suis atterrée car H. lui a acheté des coloriages et des gommettes : «Huit-neuf ans », m'a-t-elle précisé. Maman adore. Maman fait des gommettes… Certes, cela la calme et la distrait. Mais on en est là. Elle en est là. Tout le monde a l'air de trouver ça très bien. Sauf Lison et moi. Et notre cher docteur P. à qui ça fait mal de la voir réduite à ça. Non, on ne peut pas se réjouir que maman fasse des gommettes. Des découpages aussi : on lui a donné des ciseaux ronds, du papier, des chiffons, et elle découpe allègrement. On espère que, du coup, elle découpera moins ses vêtements, son passe-temps préféré !

H. m'annonce qu'il faut une personne de plus pour s'occuper de maman : le rythme est trop fatigant maintenant, pour elles trois. J'en conviens aisément. Elle a quelqu'un de très bien sous la main que nous rencontrerons demain, juste avant notre départ.

À mon retour, H. m'envoie deux photos de maman prises dans le jardin. Son regard tellement lointain, absent, me fait mal. C'est elle, je la reconnais, mais il n'y a plus personne…

Bien sûr, c'est gentil de la part de H. mais je viens de lire un passage du journal de maman (1979) dans lequel elle déclare refuser de devenir une vieillarde.

« Je me respecte trop pour subsister au rabais… Au point de vouloir mourir volontairement. Ce sera par goût de la vie justement. »

Un autre passage : « Je sais de plus en plus que je ne subirai pas l'atroce vieillesse, avant qu'elle ne devienne atroce. Je crois que j'aurai le courage de me faire mourir malgré toute ma curiosité. Mais les choses ne m'amuseront plus, sinon je ne serais pas vieille justement. »

Cela me confirme dans notre décision de l'aider à mourir.

Maman est encore tombée cette nuit : H. l'a retrouvée par terre, entre sa chambre et sa salle de bains. Elle ne pouvait plus se relever.

Au téléphone, Toumie me dit : « Elle est beaucoup plus présente depuis quelques jours et elle regarde la télévision. Je ne sais pas si elle comprend, mais elle regarde… »

Ouiche… C'est drôle tout de même ce besoin qu'ont les autres, même les plus proches, de la voir mieux qu'elle n'est et de saisir les moindres signes pour en tirer des conclusions positives. Peut-être parce qu'ils ne souffrent pas dans leur chair, comme Lison et moi, de la voir réduite à ce rôle qui ne lui ressemble pas, de vieille dame alzheimérisée. Benoîte Groult s'interpose et existe toujours, croient-ils, veulent-ils croire. Mais non, Benoîte Groult est morte. Reste sa dépouille, et quelques éclairs qui font illusion.

Ce matin, au téléphone, Mireille me dit qu'elle est fatiguée et qu'elle ne mange pas beaucoup. Cela me fend le cœur et j'éprouve soudain le besoin impérieux de lui dire que je l'aime. Avec le vague espoir qu'elle me le dise, elle aussi, tant qu'il est encore temps. Mais quand je l'appelle, elle ne réagit pas et, très vite, je remballe mes mots d'amour.

« Bon, on arrive samedi, maman chérie…

— On arrive samedi… »

Et soudain, d'un ton angoissé :

« Donne-moi ton adresse.
— Mireille l'a, elle va te la donner, ma Mine. »

Depuis deux jours, j'ai un terrible lumbago, je suis intouchable et obligée d'annuler tous mes rendez-vous. Le plus dur, c'est de ne plus rien partager avec maman, surtout quand je suis souffrante. J'ai essayé de lui dire que j'avais un lumbago :

« Oui, il est beau, me répond-elle.
— Non, maman, j'ai un lumbago.
— Sur le pot ? »

Je renonce. Personne ne savait mieux qu'elle me plaindre. Elle estimait inadmissible que je souffre : *inadmissible que ce beau matériel, livré en parfait état de marche, se détériore.* C'étaient ses mots ! Je suis seule maintenant, même si j'ai ma fille, mes sœurs et mes amis, tous attentionnés et merveilleux, mais rien ni personne ne remplace une mère. Je le vois bien quand ma fille a un problème de santé : j'ai mal, physiquement, là où elle a mal et je voudrais prendre une part de son mal. Elle, en revanche, ne supporte pas que je sois malade. Une mère se doit d'être invulnérable…

Dans son journal toujours (2011) dont je me délecte :

« Je voudrais descendre 2 à 2 les marches du métro Varenne, légère comme une feuille…

Je voudrais que les hommes de 7 à 77 ans ne détournent pas les yeux précipitamment quand ils me voient, comme s'ils avaient marché dans un caca…

Je voudrais remonter sur mon vélo, ne serait-ce que sur les contre-allées du boulevard des Invalides pour aller chez Lison. Chaque fois que je vois ma bicyclette dans la remise, en allant mettre mes livres en trop dans la cave, je verse une larme qui ne coule pas.

Et je laisse la page suivante en blanc pour mes prochaines mélancolies, sachant bien qu'elle ne suffira pas… »

S'il n'y avait pas maman, je serais la plus heureuse des femmes. Grâce à ma préretraite, j'ai quatre jours à moi dans la semaine : je vais au cinéma, j'organise des dîners, je lis encore plus, et je fais la grasse matinée. Je jouis de ma liberté, je suis bien dans ma peau, contente de ma vie et, surtout, de mon proche avenir. Je crois que je vais être une retraitée heureuse. D'ailleurs, je parle plus volontiers de ma *jubilación* – comme disent les Espagnols –, mot qui convient bien mieux à mon état d'esprit. J'ai déjà eu, dans ma vie, de longues, très longues périodes où je ne travaillais pas, et cela me convenait parfaitement. L'ennui, c'est que cette fois-ci ce sera la dernière partie de ma vie : cette pensée est un peu effrayante… Et puis, il y a dans le viseur la mort de maman qu'il va bien falloir affronter. Mais je sais que, une fois le choc passé, je serai à nouveau heureuse, amputée certes, mais heureuse. Et je pourrai enfin aller plus souvent voir ma fille qui se plaint de mes séjours trop courts et trop espacés.

Ce matin, au téléphone :
« Je rentre à Paris avec vous…
— Oui, maman… »

Alors qu'aujourd'hui nous vidons ses armoires de la rue de Bourgogne. Clémentine et Pauline, les deux filles de Lison, nous accompagnent. On se sent comme des malfaiteurs qui préparent un mauvais coup.

Dans son appartement, je suis partagée entre la nostalgie et l'accablement : je touche, je palpe, je soupèse, j'hésite, je repose – quoi jeter, quoi garder ? Oui, les objets inanimés ont une âme.

Tristesse infinie. J'ai l'impression de pousser maman dans sa tombe. Maman qui part par petits bouts…

J'ai revu *La Grande Librairie* où elle était invitée pour son livre sur Olympe de Gouges : c'était en mars 2013. Il y a exactement trois ans. Quel gouffre depuis ! Physiquement elle est bien mais, intellectuellement, elle est à la peine. Pourtant, à son habitude, elle donne le change, même si elle se répète et ne répond pas vraiment aux questions de François Busnel. Le plus dur, c'est quand il lui demande en quoi la Déclaration des droits de la femme d'Olympe de Gouges est exceptionnelle : elle est perdue, elle tâtonne, et elle finit par dire : « Je ne me souviens pas vraiment, mais elle était très en avance… » Et je comprends que, déjà, Alzheimer était à l'œuvre, même si nous ne l'avions pas encore identifié.

À Hyères, je retrouve maman de plus en plus lointaine. Elle ne se rebelle même plus, ni pour la douche, ni pour les couches, ni pour la bouffe. Elle mange absolument tout ce qu'on lui donne, y compris les légumes et la soupe qu'elle a toujours détestés. Elle avale comme si, désormais, tout avait le même goût, ou plus aucun goût.

C'est étrange de la voir si calme, si obéissante. Elle est à des années-lumière d'elle-même. Et de nous.

« Comment ça va ce matin, ma petite maman chérie ?

— Ben… vilainement… heu… pas moi… heu… je… »

Tout en elle semble dire : Où suis-je ? Qui suis-je ?

Même Toumie dit qu'elle ne comprend plus rien à rien. C'est comme si elle était déjà morte. Et c'est peut-être pire qu'elle ne le soit pas.

Je ne sais pas qui je suis, j'ai oublié que je fus, je ne crois pas que je vais être. Aragon, qu'elle aimait tant, dans *Théâtre-Roman.*

Je lis dans *Le Monde* une interview de Georges-Emmanuel Clancier, 102 ans. 102 ans, je frémis ! Mais il a toute sa tête, lui… Plus loin, je découvre que sa femme est morte à 101 ans. Je frémis à nouveau !

En 1973, maman écrit : « Que des vieillards dans ce bel hôpital neuf dans un parc bien planté. Tout ça, ces jeunes infirmières et ce matériel impeccable, pour faire végéter des ruines humaines… »

Ma petite Mine qui pouvait être si dure ! Mais jamais avec nous. Beaucoup de nos amis s'étonnaient de la voir si tendre et maternelle avec ses trois filles… En général, elle impressionnait les gens et ils la trouvaient d'un abord sévère. C'est vrai que contrairement à Paul, un charmeur-né, elle ne faisait pas d'efforts pour séduire. Si on ne lui plaisait pas, cela se voyait. Quand elle aimait, cela se voyait aussi !

Je n'ai jamais oublié sa réaction, quand elle a failli mourir dans un avion dont le train d'atterrissage ne sortait pas. C'était un 24 décembre et nous l'attendions à Hyères, avec Paul, pour fêter Noël. En prévision d'un atterrissage risqué, son avion fut détourné vers Marseille dont l'aéroport était mieux équipé. Finalement, les roues sont sorties, et elle a atterri sans encombre à Marseille. Quand je lui ai demandé si elle avait eu peur, elle m'a dit que sa seule crainte avait été non pas de mourir mais de souffrir, et surtout de nous gâcher Noël à vie. « Moi, j'ai déjà eu une très belle existence, j'ai réalisé tout ce que je voulais réaliser… Bon, ça aurait été un peu tôt, mais je pensais à vous, je ne voulais pas vous faire ça… Et puis, j'avais tous les cadeaux ! »

À mon retour à Paris, elle est très tendre au téléphone.

« Oui, je vais très bien. (Je ne sais pas si je dois m'en réjouir ou le regretter !) Ma fille chérie, mon pe… pe… petit bout adoré. »

Maman qui est en train de mourir de son vivant. Maman qui ne me regardera plus jamais avec ses yeux emplis de cet amour inconditionnel qu'elle me portait. Plus personne ne me regardera comme ça : je me sens orpheline et ça ne me plaît pas.

Pourtant, il va falloir que je m'y habitue.

Maman, mon dernier rempart contre la mort. Bientôt, ce sera moi le rempart, pour ma fille et ma petite-fille. J'ai envie de crier : « Non, je suis encore une enfant, c'est trop tôt, je suis trop jeune. Au secours maman, reviens… »

Que s'est-il donc passé ? La vie et je suis vieux. Aragon toujours, cité par maman dans *La Touche étoile*.

Dans son journal, en 2013, elle écrit :

« Je suis sortie de l'absence au monde le 31 janvier 1920. Et pour la première fois, ce soir, je me suis sentie plus proche de ma mort que tous les participants à ce dîner. Même Mau (le mari de Toumie) qui sur le plan de l'âge était pourtant le plus proche de moi. Ils n'étaient pas "avec moi". J'étais seule ou je le ressentais comme tel. Pour la première fois de ma vie. Si on peut appeler ça ma "VIE", ce qui se ressent comme tel, sans l'ombre d'un doute. Un doute qui ressemble tant à l'absence définitive qu'on en effleure l'idée, le concept, les contours – sans en pénétrer encore la noirceur. Allez, on va se coucher. Coïncidence : c'est la nuit où l'on retarde les pendules d'une heure. C'est symbolique : une heure, un jour, un an. »

Pour contrebalancer, je lis ses carnets érotiques. Ceux qu'on lui a interdit de détruire, il y a quelques années, quand elle nous en a parlé.

« C'est tout de même très intime, très cru aussi… Et puis, littérairement, c'est mauvais ; mais ça m'a bien servi pour *Les Vaisseaux du cœur* ! J'hésite… Je ne sais pas si j'ai envie que vous les lisiez. »

On s'était récriées, Lison et moi, en lui rappelant qu'on était des grandes filles et que rien ne pouvait nous choquer. Et qu'on connaissait le nom de tous ses amants !

« En plus, tu es une écrivaine importante, maman, et ça intéressera des gens : ceux qui travailleront sur toi, plus tard. Tu n'as pas le droit de les détruire. Et puis, moi, ça m'intéresse et je veux absolument les lire, un jour ! »

Ce jour est arrivé et je les lis avec bonheur. En fait, ces trois carnets concernent son amant américain, Kurt, rencontré à la Libération et avec lequel, jeune veuve, elle a vécu une passion torride. Mais elle a refusé de l'épouser et de le suivre aux États-Unis. Elle le trouvait trop insuffisant sur le plan intellectuel. Ils se sont retrouvés dans les années 70, tous les deux mariés, et c'est reparti de plus belle. Avec Paul, c'était un pacte à la Sartre et Beauvoir ; pour Kurt, c'était plus compliqué mais, comme il était pilote, il pouvait mentir assez facilement sur ses déplacements. Je l'ai rencontré quand j'avais 18 ou 20 ans. Il était très beau, un peu con c'est vrai, mais tellement adorable et tellement amoureux de maman.

C'est un privilège rare de voir sa mère en jeune fille. Avec Kurt, maman riait pour un rien, faisait des chatteries et disait des bêtises, avec un air énamouré. Vraiment pas son genre. Tout à coup, elle avait mon âge et elle était aussi sotte que moi !

Ils se sont aimés jusqu'au bout, c'est-à-dire jusqu'à la mort de Kurt, en 2001. Et il lui a inspiré un de ses plus beaux livres, *Les Vaisseaux du cœur.*

Au moins, maman aura eu une belle vie, dans tous les domaines. Avec cet incroyable instinct de bonheur, chevillé au corps et à l'âme, qui lui a permis de rebondir dans toutes les circonstances. Un peu comme George Sand et Colette, deux femmes qu'elle admirait beaucoup et auxquelles elle ressemble.

Je crois que c'est moins triste de mourir quand on a eu une belle vie, même si c'est aussi dur.

Je l'admire tant…

30 MARS, ACCIDENT DE VOITURE DE MA FILLE VIOLETTE ET PIERRE SON MARI

1er AVRIL, MORT DE VIOLETTE

8 AVRIL, ENTERREMENT DE VIOLETTE

Et maman, 96 ans, imperturbable, continue de vivre sa non-vie.

Et ma fille, 36 ans, est morte.

Et Pierre, mon gendre, est gravement blessé, mais il s'en sortira.

Et Zélie, ma petite-fille, est orpheline de mère.

Et moi, je suis quoi ? Il n'existe même pas de mot pour dire la situation d'un parent qui a perdu un enfant… C'est tellement impensable, anormal, scandaleux.

Je suis dans un état de sidération où plus rien ne me paraît tout à fait réel, où rien ne peut m'atteindre, hors l'idée inconcevable que ma fille est morte. Je suis en colère, révoltée, désespérée. D'autant plus révoltée qu'elle est morte à cause d'un vieillard qui a pris l'autoroute à contresens. Pendant douze kilomètres, en plein jour… sans que quiconque réagisse.

Heureusement, il est mort, sinon j'aurais eu envie de le tuer. Et peut-être je l'aurais fait.

Je veux revoir ma fille, je veux entendre sa voix, je veux qu'elle me serre dans ses bras en me disant : « Mum, je t'aime. » J'ai envie de l'appeler, j'ai envie qu'on ait un avenir ensemble. Je veux qu'elle soit vivante. C'est insupportable d'être obligée d'accepter l'inacceptable.

Bien sûr, Zélie 9 ans et demi me retient au bord du gouffre. Mais je voudrais qu'on me fasse une piqûre et dormir huit jours… En fait, je voudrais me réveiller et tout ça serait un cauchemar.

Et horreur dans l'horreur, je ne peux même pas me faire consoler et soutenir par ma mère. Évidemment, quand j'ai appris l'accident, mon premier réflexe a été de l'appeler, mais j'ai vite raccroché : maman est aux abonnés absents.

C'est Lison que j'ai appelée et il paraît que j'ai hurlé : « Elle va mourir, elle va mourir. » Je n'en ai aucun souvenir. Je me rappelle seulement que j'étais folle d'inquiétude, avec un mauvais pressentiment. Pourtant son père, qui vit à Chamonix, m'avait affirmé que son pronostic vital n'était pas engagé. C'était ce que les médecins lui avaient dit.

Mais les heures passent et je n'ai pas de nouvelles. Sauf qu'elle n'est toujours pas sortie de la salle d'opération…

Vers 17 heures, je retrouve Lison dans un café. Je suis dans un état second. Je ne peux pas, je ne veux pas y croire, et j'ai l'intention de ne partir pour Annecy, où elle est hospitalisée, que le surlendemain. Au moins, elle sera réveillée, me dis-je. Et puis, j'ai plein de choses à régler au bureau que j'ai quitté précipitamment… Je me trouve plein de raisons raisonnables pour faire comme si la vie continuait, presque normalement.

Lison décide de ne pas me quitter et elle vient passer la soirée chez moi. Colombe et Zoé, sa nièce, nous rejoignent. Toutes les trois, elles me poussent à partir dès le lendemain. Clémentine, qui est comme la sœur de Violette, m'appelle et me dit, elle aussi, qu'il faut y aller dès demain et qu'elle m'accompagnera. Elle s'occupe des billets sur Internet. C'est donc si grave ? Elle m'a raconté que là encore j'avais hurlé que Violette allait mourir. Je n'en ai aucun souvenir non plus.

En fait, Clémentine a su, par son père qui est médecin et qui avait appelé l'hôpital, que le cœur de Violette s'était arrêté pendant quarante minutes, juste après l'opération, et qu'elle était sous assistance cardiaque et respiratoire. Son cerveau avait donc souffert. Elle ne m'a rien dit pour me protéger. Et puis, parce qu'on espère toujours un miracle.

Le téléphone arabe fonctionne à plein, comme toujours chez nous, et finalement, tout le monde m'accompagne : Lison et ses deux filles, ma sœur Marie, Emma – la fille de mon frère Antoine –, Zoé et Merry – la nièce et la fille de Colombe. Toutes, elles sont très proches de Violette. Quelle chance d'avoir cette merveilleuse famille, cette tribu magnifique : elles me prennent en charge, elles s'occupent de tout, elles me soutiennent. Elles m'aiment.

Vers minuit, je prends un somnifère et je laisse un SMS d'amour à ma fille qu'elle pourra lire dès qu'elle sera réveillée : « Mon amour, je t'aime, je serai là demain, vendredi. Love. Maman. » Car elle se réveillera et elle vivra. Je le veux.

Elle ne l'a jamais lu.

Quand nous sommes arrivées à l'hôpital d'Annecy, dans l'après-midi, ma fille était en réanimation, inconsciente et branchée de partout. Inconsciente ? On ne sait jamais… J'ai couvert son visage de baisers, de mots d'amour : « Réveille-toi, ma chérie, réveille-toi. » Il y avait ses beaux cheveux, si vivants encore, si odorants, je lui ai parlé, je lui ai répété que je l'aimais, que je l'aimais tant. Oh, comme j'aurais volontiers pris sa place, comme j'aurais échangé ma vie contre la sienne…

Pierre a les deux chevilles fracturées, un genou abîmé, des hématomes partout, et une embolie pulmonaire qui empêche d'opérer ses chevilles pour l'instant.

Zélie, qui nous a rejoints à l'hôpital avec ses grands-parents, a voulu voir sa mère. Je lui ai expliqué qu'elle était inconsciente, que ça allait être impressionnant avec toutes ces machines qui la maintiennent en vie : « Mais c'est toi qui décides, ma chérie… » Très grave, elle m'a répondu : « Oui, je veux la voir. »

Elle s'est arrêtée sur le seuil de la salle de réanimation et elle l'a longuement regardée avant de s'avancer vers son père, en chaise roulante à côté du lit de Violette. Elle a pris sa main dans la sienne, et elle est restée là, sans un mot, sans une larme, à contempler sa mère.

Le soir, en se couchant, elle m'interroge :

« Tu crois que maman va s'en sortir ?

— Je ne sais pas, ma chérie, je l'espère plus que tout au monde, mais je ne sais pas. Et les médecins ne savent pas non plus.

— Mais tu te rends compte, je suis petite, je n'ai que 9 ans et demi… Et alors, peut-être qu'elle ne verra pas mon premier anniversaire à deux chiffres ? »

Mon cœur se brise, je la prends dans mes bras, je la couvre de baisers et, enfin, ses larmes coulent : « Oui, ma chérie, pleure, pleure… » Et je pleure avec elle, nous sanglotons, ça nous fait du mal, ça nous fait du bien, mais on est au-delà du bien et du mal, dans une contrée inconnue et dangereuse. On finit par s'endormir, cramponnées l'une à l'autre.

Heureusement que je ne suis pas seule. Heureusement qu'elles sont là, les femmes de ma famille :

elles s'occupent de l'intendance, elles essayent de me réconforter, de me donner du courage, et même de me faire manger. Mais plus rien ne passe. Sauf le chocolat chaud que je me force à avaler pour tenir. On dort dans le chalet de Pierre et Violette, et c'est atroce. Ce chalet qu'ils ont quitté il y a deux jours à peine, heureux et insouciants, pour un week-end d'amoureux à Rome.

Le lendemain matin, 1er avril, un médecin nous appelle pour nous dire que c'est la fin, qu'ils la maintiennent artificiellement en vie pour qu'on puisse la voir « vivante » et lui dire adieu. On doit prévenir Zélie qui voulait absolument aller à l'école, parce que c'est le jour des poissons d'avril, et qu'elle en a préparé un, mais surtout parce que c'est une façon de conjurer le sort, de refuser d'y croire.

À l'hôpital, je retrouve Antoine, mon frère, qui vient d'arriver : ils sont tous là, ils ne me lâchent pas, ils me tiennent chaud au cœur. J'ai tellement besoin d'eux ! Alain, le père de Violette, est là bien sûr, avec sa femme Brigitte, et les parents de Pierre sont arrivés de Strasbourg où ils habitent. Ses deux filles aînées sont là aussi et la troisième, qui vit en Australie, arrivera après-demain.

Nous sommes anéantis, mais comme anesthésiés. Clémentine demande à être seule avec Violette :

elles sont fâchées depuis un mois, et elle veut lui dire à quel point elle l'aime et comme c'est con d'être brouillées… Elles savaient, toutes les deux, que ça ne durerait pas, mais elles ne savaient pas que la mort allait les empêcher de se réconcilier. J'espère que Violette l'a entendue.

Ensuite, on se recueille, à tour de rôle, auprès de Violette, encore rose et chaude, le visage intact, à part un hématome sur le front. Pierre ne quitte pas son chevet, il pleure sans bruit, assommé, sans la lâcher une seconde du regard. Il est l'image de la douleur. Hier encore, il était persuadé qu'elle s'en sortirait. On ne lui avait pas vraiment expliqué la gravité de la situation. Ni à nous, d'ailleurs. Pour nous protéger, sans doute, et nous habituer petit à petit. Mais aujourd'hui, on nous explique que son cerveau est en partie détruit, et que plus aucun de ses organes vitaux ne fonctionne sans aide.

Avec notre accord, ils la débranchent à 13 h 45.

Nous nous retrouvons autour de Pierre, dans sa chambre. On sait que Violette est morte, mais ce n'est pas encore vraiment parvenu jusqu'à nous. La mort n'a transpercé qu'une très fine couche de notre conscience. Je me souviens que j'ai pensé, à ce moment-là, à son chevet : « Il est jeune, il refera sa vie, et je lui donne d'avance ma bénédiction. Mais moi je suis vieille, trop vieille pour refaire un enfant. »

Soudain, quelqu'un a demandé : « Elle voulait être enterrée ou incinérée ? » Je me rends compte que je n'en ai pas la moindre idée. À ce moment-là, la petite voix ferme de Zélie s'élève : « Ah non, pas incinérée, elle ne voulait pas, elle me l'a dit. À toi aussi, papa, elle l'a dit. »

Bon, voilà qui est réglé. La maturité de Zélie, son courage, sa dignité me bouleversent.

Et il a fallu organiser l'enterrement. *Organiser l'enterrement de son enfant…* Comment y croire ? Personne n'est préparé à cette horreur, on n'est pas équipé pour ça, ce n'est pas dans l'ordre des choses. Et pourtant, je l'ai fait : choisir une date, prévenir la famille et les amis, choisir un cercueil, rencontrer le curé, choisir des textes et des musiques, imprimer les faire-part… Tout cela dans un sentiment d'irréalité totale, écrasée par le chagrin. Mais soutenue et assistée par les miens.

Il a fallu aussi décider de la dernière tenue de Violette. Je l'ai choisie avec Zélie. Son chagrin me dévaste encore un peu plus. Mais je dois tenir pour elle, sinon pour moi. On parle et on pleure beaucoup ensemble. Hier soir, elle m'a demandé pourquoi ce n'était pas *Bounoute* qui était morte.

« Elle est très, très vieille…

— Oui, mon amour, c'est elle qui aurait dû mourir ; ensuite c'était mon tour et après, dans très longtemps, ta maman. Ce n'est pas juste, pas normal. »

Moi aussi, j'aurais *préféré* que ce soit maman.

Inconsciemment, Zélie m'en veut d'être vivante, et je la comprends. Ce matin, après je ne sais quels mots maladroits de ma part, elle m'a dit avec hargne : « Tu ne remplaceras jamais ma mère. » Et pourtant, il va falloir que je la remplace, sans prendre sa place. Équilibre délicat.

« Je le sais, ma chérie, et toi, tu ne remplaceras jamais ma fille. Mais elle est entre nous, la chair de ma chair, et toi la chair de sa chair. On va essayer de vivre sans elle et de s'aimer encore plus. C'est ce qu'elle aurait voulu, je crois. »

Aujourd'hui, je ne supporte pas l'idée que ma mère soit vivante – et dans quel état – alors que ma fille est morte. Moi aussi, comme Zélie, je lui en veux. J'ai l'impression que je n'ai plus de chagrin pour maman, tout est englouti par Violette.

En même temps, je voudrais tant qu'elle soit là, présente, aimante, protectrice, comme elle savait si bien l'être. Je voudrais tant me blottir contre elle et redevenir son bébé, sa toute petite fille. J'ai relu le passage du *Journal à quatre mains* dans lequel elle raconte la mort déchirante de son premier mari, Pierre, un an après leur mariage. Il est décédé de la tuberculose et d'un pneumothorax, dans ses bras, après une terrible opération. Par erreur, l'infirmière lui a mis un goutte-à-goutte froid : il s'est mis à claquer des dents et maman a entendu tous les points de sa cicatrice qui sautaient… Il a fallu un mois pour que son jeune cœur lâche sous les assauts d'une septicémie. Les antibiotiques sont arrivés avec les Américains – on était en 1944 – huit jours trop tard.

J'avais besoin de relire les mots de maman, pour me souvenir comment elle s'était colletée avec le chagrin, la douleur, l'horreur. *La vie toujours plus forte*, c'était son credo, jusqu'à proposer au frère de son mari, la veille de l'enterrement, de lui faire un enfant qui passerait, aux yeux du monde, pour celui de Pierre. Le seul dans la confidence, c'était son beau-père, un grand professeur de psychiatrie et homme de cœur. Elle qui est si souvent tombée enceinte contre son gré, elle n'a pas réussi cette fois-là. Je suis née de cet « échec », dix-huit mois plus tard…

J'admire la façon dont elle s'est battue contre le chagrin et contre la culpabilité d'être en vie : on se sent toujours coupable de survivre à ceux qu'on aime, surtout à son enfant, même si c'est plus ou moins conscient. « Dans ce chaos, le pari le plus incroyable est celui de vivre », écrit maman. Je dois apprendre, moi aussi, à me battre – pour survivre, tout simplement. Et je voudrais avoir autant de courage, d'énergie et de dignité qu'elle.

Ma mère, mon modèle…

J'ai relu aussi, donné par Clémentine, *L'Année de la pensée magique* de Joan Didion qui m'avait bouleversée, il y a quelques années. C'est toujours aussi bouleversant et d'une justesse absolue. Oui, l'expérience et le chagrin des autres m'aident et je me sens un peu moins seule au monde.

Le matin, quand je me réveille, mes larmes coulent, avant même que je sache pourquoi. Il me faut deux ou trois secondes pour me souvenir que ma fille est morte. Mais mon corps, lui, sait. Toutes les cellules de mon corps savent et mes yeux pleurent avant que l'affreuse réalité me percute. Heureusement, je dors comme une souche grâce au Stilnox. Car je dois tenir : je me le dois, je le dois à Zélie, et même à maman.

Je fume comme une folle, quelle importance ? Je bois trop, quelle importance ? Plus rien n'a d'importance… Et il sera toujours temps, plus tard, de me ressaisir.

Je n'arrive pas à croire à la mort de Violette. Plus exactement, je ne veux pas y croire. Y croire, c'est la faire mourir une seconde fois.

À ma demande, Pierre me raconte ses derniers moments conscients, juste après l'accident. Ils étaient tous les deux coincés dans leur voiture et le conducteur qui les suivait – ils se doublaient à tour de rôle depuis un moment – est venu leur porter secours. Il a pris la main de Violette dans la sienne et il soutenait sa tête, en lui parlant sans arrêt. Elle souffrait beaucoup et répétait qu'elle avait mal. Les secours sont arrivés et ils ont vu que c'était grave. Ils l'ont transportée en hélicoptère à l'hôpital d'Annecy. Je pense qu'ils lui ont donné tout de suite de la morphine. Pierre, moins gravement atteint, a fait le trajet en ambulance. Ils se sont retrouvés dans la salle de déchocage, juste avant qu'on opère Violette et qu'on fasse les examens de Pierre, et là, miracle, chacun sur son brancard, ils ont pu communiquer par l'intermédiaire d'une infirmière. Ils se sont demandé comment ils allaient, Violette vérifiait que Pierre n'avait pas oublié de nous prévenir, moi, son père et sa belle-mère, et Zélie qui passait le week-end chez eux. Donc Violette était encore consciente, et pas angoissée, apparemment, par l'idée de mourir. Étrange, elle qui paniquait au moindre bobo… Cela me confirme dans l'idée qu'elle était sous morphine. Et puis ils se sont dit au revoir et elle est partie en salle d'opération. Elle ne s'est jamais réveillée.

Les larmes m'ont submergée : c'est un niagara qui emporte tout. Mais je veux savoir, je veux accompagner ma fille, par la pensée au moins, jusqu'au bout. Je veux souffrir avec elle, seconde après seconde…

Il a fallu aussi la revoir, ma Violette, morte et glacée, dans son cercueil. Comment y croire ? C'est impossible, ce n'est pas vrai… Elle gisait là, devant moi, ma chair et mon sang, mon enfant qui devait me survivre, ma fille bien-aimée. C'était insupportable.

À sa demande, j'étais entrée dans la chambre mortuaire avec Zélie. Nous l'avons toujours traitée comme une personne à part entière : la mort de sa mère, c'est son histoire autant que la nôtre. Elle a le droit de savoir, de voir, et nous n'avons pas le droit, nous, sous prétexte de la protéger, de l'empêcher de vivre son deuil. Mais elle n'a pas supporté la vision de sa mère morte. Elle est restée une minute à peine, et elle est allée rejoindre Lison qui l'attendait dans le salon attenant. Là, elle lui a posé plein de questions sur ce que devenaient le corps, les cheveux, les os, les yeux…

Et moi, je suis restée seule, hors du temps, hors du monde, dépossédée et broyée dans un étau de douleur. Une partie de moi est morte.

J'ai écrit un texte que je lirai à l'église. Je l'ai écrit d'abord pour Zélie, c'est à elle que je m'adresse plus qu'à ma fille : c'est elle qu'il faut sauver. Pour Violette, c'est trop tard. Je veux qu'elle entende, que tous entendent, qu'elle est désormais ma priorité absolue et que je ferai tout pour l'aider à grandir et à être heureuse. Je termine avec une pensée pour maman qui n'est plus avec nous, même si elle est encore là…

Je lirai aussi, à sa demande, un texte que Zélie a écrit, chacun des six paragraphes d'une couleur différente. « Maman, tu es partie trop tôt. Tu avais que 36 ans et moi 9 ans. J'avais encore besoin de toi… Tu vas devenir un ange au paradis mais tu étais déjà un ange sur terre… Tu étais la meilleure des mamans de l'univers entier et de toute la galaxie… »

J'essaierai de ne pas pleurer et d'être audible.

Pendant trente-six ans et vingt-trois jours, Violette a été dans mon cœur, dans mon esprit, dans mes cellules, le centre de ma vie, mon inquiétude, mon bonheur. Pas à pas, nous avons franchi toutes les étapes classiques d'une relation mère-fille et, même si nous habitions loin l'une de l'autre, le cordon ombilical n'a jamais été coupé. On s'appelait presque tous les jours, on discutait, on s'engueulait, on se racontait nos moindres faits et gestes. Longtemps, elle m'en a fait voir de toutes les couleurs et ses réactions étaient volcaniques. Ça commençait juste à être vraiment bien entre nous.

Trente-six ans et vingt-trois jours où nous avons été imbriquées comme des poupées russes. Et soudain, ce vide atroce.

Je suis le petit Spartiate qui se fait dévorer les entrailles par un renard caché sous sa tunique. Moi, mon renard, c'est la souffrance qui me dévore le cœur de ses dents aiguës.

Est-ce que je crois à une vie après la mort ? Je n'en sais rien, ça dépend des jours. Mais ma fille y croyait, elle qui était médium et communiquait avec les morts. Et puis, ce qui peut m'aider, je le prends. Tout ça pour dire qu'au lendemain de son accident notre amie Mariette, qui est un peu médium elle aussi, a contacté son petit groupe pour se « brancher » sur Violette et lui envoyer des ondes positives afin de l'aider à s'en sortir. Après tout, les croyants font bien des prières…

Un certain Philippe a reçu un « message » de Violette, le 1er avril à 10 h 23, trois heures avant sa mort.

« Pour Blandine, elle dit : Sa force est grande qui l'aidera à continuer. J'ai confiance en elle. Attention de ne pas t'épuiser.

Pour tous, elle dit : Je vous aime, je serai pour vous le souffle dans les branches. Je vais œuvrer ailleurs et je ne vous abandonne pas.

Pour Zélie, elle dit : À ma petite princesse, qu'elle sache que je ne l'abandonne pas, je veille sur elle et je l'aime.

Elle dit : Comment voulez-vous que je revienne dans ce corps tel qu'il est ? Mais je reste avec vous. Je suis déjà attendue par beaucoup d'êtres de lumière. »

Philippe a ajouté qu'un homme de sa famille est heureux de l'accueillir. Avec mes sœurs, Lison et

Marie, on pense que c'est peut-être Georges, notre père, avec lequel elle était souvent en communication depuis quelque temps...

Lison et ses filles, très impressionnées, ont décidé de faire graver sur une petite médaille en or, et en forme de cœur, le message de sa mère pour Zélie. Elles la lui donneront le jour de l'enterrement, avec une chaîne pour qu'elle la porte autour de son cou.

Le 8 avril, jour de l'enterrement, tout le monde est là pour dire adieu à Violette. Ma famille, si nombreuse et si unie, comme celle de Pierre, nos amis, ceux de ma fille, les relations proches ou lointaines... Même Simon, le fils de Vanessa qui vit à New York, est venu. Dans leur enfance, lui et sa sœur Zoé ont passé beaucoup d'étés à Hyères dans la maison que Flora y avait achetée pour être à côté de maman. Avec Violette, ils ont partagé ces inoubliables souvenirs d'enfance qui vous constituent à jamais. Les voilà orphelins, eux aussi.

La seule personne qui me manque, c'est Annie, mon amie d'enfance, mon amie de toujours : sans doute la personne la plus proche de moi, celle dont je connais tout, et c'est réciproque. Madeleine, sa mère, et Léo Ferré, son beau-père qui l'a élevée, étaient très proches de Paul et maman. Ils ont été jeunes et sans le sou ensemble, et ils ont connu le succès à peu près ensemble aussi... Cela crée des souvenirs !

Annie doit être opérée du cœur demain matin.

Cérémonie ô combien émouvante, dans cette église de Chamonix où je me suis mariée en 1974 et où on a enterré, il y a deux ans, la grand-mère paternelle de Violette dont Zélie était très proche. C'était sa première rencontre avec la mort… Mais il est plus normal d'enterrer son arrière-grand-mère que sa mère.

Tout était bien, même le curé. Clémence Taittinger, une amie d'enfance de Violette, nous a fait frissonner en chantant, *a cappella*, l'*Ave Maria* de Giulio Caccini. Les discours étaient émouvants et forts… Tu aurais aimé, mon amour.

Selon la tradition, nous avons suivi le cercueil à pied jusqu'au cimetière. Pierre, opéré la veille, avait obtenu l'autorisation des médecins d'assister à la messe et à la mise en terre. Il est arrivé en ambulance, sûrement bien shooté, et il repartira de même. Deux de ses frères poussaient sa chaise roulante, au premier rang du long cortège, avec Zélie à ses côtés.

Puis, dans le froid et la douleur, nous avons reçu les condoléances de chacun. À la fin, un couple que je ne connaissais pas s'est approché, elle pleurant à chaudes larmes. C'étaient eux qui suivaient la voiture de ma fille, juste avant l'accident. C'étaient eux que le destin avait épargnés, puisqu'ils étaient derrière Pierre et Violette au moment où ils se sont retrouvés face au chauffard. Évidemment, j'ai pensé que c'était cette jeune femme qui aurait pu mourir, et elle l'a forcément pensé aussi… Son mari, qui conduisait, m'a dit qu'il avait réussi à passer, il ne savait trop comment, entre le camion que Pierre doublait et les deux voitures qui s'étaient heurtées de plein fouet. Il a réconforté ma fille comme il a pu en attendant les secours. Je suis profondément touchée qu'ils soient venus et on se promet, en pleurant, de se revoir. Je suis heureuse que ce soit cet homme-là que le « hasard » a choisi pour assister ma fille dans ses derniers moments conscients.

On se retrouve dans un hôtel que nous avons réservé pour ceux qui viennent de loin. J'ai décidé d'y dormir ce soir car je ne veux pas, je ne peux pas, retourner dormir dans le chalet de ma fille où tout me la rappelle si cruellement.

C'est gai, c'est triste, on pleure et on rit, on s'embrasse et on s'enlace, on parle et on boit beaucoup ! Il y a un feu de bois, pour un peu on se croirait aux sports d'hiver… Seul Pierre nous manque. Il est reparti en ambulance pour Annecy.

Melchior, le dernier fils de Colombe, me demande s'il peut parler à Zélie : comme elle, il a perdu son père dans un accident de voiture, exactement au même âge… Gravement, il lui dit qu'il comprend tout ce qu'elle ressent et qu'il sera toujours là pour la soutenir et répondre à ses questions, si elle en a envie. Zélie ne le lâche pas des yeux et je la sens touchée.

À 18 heures, André Manoukian et sa femme, encore des amis de Violette, nous reçoivent dans leur Maison des Artistes pour un concert informel, en hommage à ma fille. Moment de beauté, de grâce et d'émotion. André joue avec son talent habituel, et certains viennent pousser la chansonnette avec lui. Je découvre que Mariette, qui m'a transmis le message de son ami médium, a une voix ravissante : elle chante *Fais-moi mal Johnny*, de Boris Vian, avec dans la main une marionnette en peluche, qu'elle a fabriquée et qu'elle anime d'une façon irrésistible… À la fin, elle l'offre à Zélie.

On reprend en chœur Brel, Barbara et Léo Ferré : *Avec le temps, va, tout s'en va.* Et Annie est un peu avec nous puisque Léo est là…

Je réalise à quel point Violette était aimée et appréciée : tant de gens, d'âge et de milieux très différents, me parlent d'elle avec admiration. Toumie, qui est venue de Hyères avec Philippe Margolis et Laetitia, la femme du docteur P., se souvient de la petite fille qu'elle a vue grandir, au fil des étés : « Elle qui était plutôt renfermée et maussade adolescente, c'est fou comme elle s'était épanouie depuis quelques années. Elle avait un aplomb extraordinaire, aplomb qu'elle a acquis contre vous en trouvant sa voie loin de vos codes familiaux. Elle m'épatait… Je me souviens des délicieuses tisanes qu'elle concoctait et vendait dans un joli paquet, avec son logo. Tisanes que vous avez toujours détestées, Benoîte et toi !»

Nous dînons ensuite dans ce bel hôtel refait par Alain il n'y a pas longtemps. Nous sommes encore quarante-deux. Et ça compte d'être si nombreux. Tous, chacun à sa façon, ils me font du bien.

Le lendemain, je reçois un mail de Catel, la dessinatrice de BD qui a réalisé un roman graphique sur la vie de maman et qui est devenue une amie. Elle avait rencontré Violette à Paris, pour une séance de voyance. Malheureusement, elle n'a pas pu assister à la cérémonie. Dans ce mail, elle me raconte le rêve qu'elle a fait dans la nuit du 31 mars, veille de la mort de ma fille.

« Jeudi 31 mars, j'apprends la terrible nouvelle : Violette a eu un grave accident de voiture, elle est dans le coma. Sans voix, j'envoie immédiatement un SMS à Blandine en espérant de toutes mes forces et de tout mon cœur que sa fille se remette. La nuit, je plonge dans un profond sommeil et Violette m'apparaît très distinctement, volant au-dessus de moi qui suis assise à ma table de dessin. Elle me dit :

“Alors, tu as voyagé dans le monde sur les traces de ta nouvelle héroïne, Joséphine Baker, comme je te l'avais prédit ?

— Tout à fait et je continue. Après-demain, j'ai rendez-vous avec Jean-Claude, un de ses enfants, et nous allons sur les traces de sa mère dans le Sud.

— C'est pour ça que je suis là. Tu vas voir la tombe de Joséphine à Monaco ? Tes relations avec les enfants Baker sont excellentes ? Tu es partie aux quatre coins du monde, comme je te l'avais prédit ? Ton éditeur t'a signé un nouveau contrat ? Tes contrariétés avec tes filles sont dissipées ?

— Oui, tu es extraordinaire, visionnaire.

— Tu crois en moi, alors ?

— Oui.

— Je vais partir, tu dois me croire, et passer un message.

— Où vas-tu ?

— Loin, en voyage. Un beau voyage. Maman doit savoir. Dis-lui, s'il te plaît, de s'occuper de Zélie. On n'a pas toujours été d'accord, mais je sais qu'on s'aime et qu'on se comprend. Elle saura faire pour Zélie, tu lui dis.

— OK."

Je me réveille perturbée, ce rêve est le fruit de mon angoisse. Mais tellement réel en même temps, c'est troublant…

Pas de nouvelles de Violette le 1er avril, bonne nouvelle ! Violette nous fait un poisson d'avril.

Le lendemain, samedi 2 avril, je suis à l'aéroport et je reçois un SMS de Blandine m'annonçant la mort de sa fille. »

À mon retour à Paris, je trouve des dizaines de lettres, certaines très belles, toutes très touchantes. Je découvre que ce drame est arrivé à des amis, qui pour la première fois m'en parlent. L'un d'eux m'apprend qu'il y a un mot en hébreu pour désigner l'état des parents qui ont perdu un enfant : *shakoul*, *shakoula*. C'est la seule langue où ce mot existe.

Outre mes sœurs, je ne vois que des proches auxquels je peux répéter et répéter, dans les moindres détails, tout ce qui s'est passé. Comme pour me persuader de la réalité des choses, que c'est vrai, que ma fille chérie est morte et enterrée. Car je n'y crois pas encore vraiment, ou plutôt je ne veux pas y croire. À force de tout répéter, dans les moindres détails, je vais peut-être finir par y croire. Mais quand ?

La beauté du printemps qui explose à Paris me fend le cœur. Un printemps que ma fille ne verra pas.

J'ai reçu le compte rendu de l'hôpital décrivant l'état de Violette à son arrivée, l'opération et ses suites. Une horreur. Fractures multiples, fibrillation ventriculaire réfractaire aux chocs, défaillance multiviscérale persistante, hémorragies, hypoxie respiratoire, défaillance d'organes multiples, y compris hépatique, atteinte cardiaque grave, perforation de l'intestin grêle, séquelles ischémiques sévères laissant présager de séquelles neurologiques importantes… et j'en passe… il y en a quatre pages.

Je suis en colère, il y a un fauve enragé dans mon corps, prêt à bondir. Mais contre qui, contre quoi ?

Et dire que je vais être sans elle jusqu'à la fin de ma vie. C'est inimaginable. Elle me répétait qu'elle s'occuperait de moi quand je serais vieille, qu'elle pousserait ma petite chaise !

La Mère morte, je ne savais pas en choisissant ce titre, il y a déjà presque deux ans, quand j'ai commencé à prendre des notes sur maman, qu'il aurait un terrible double sens.

Toute mon âme est un tombeau, écrit Lamartine à propos de sa fille morte. Et mon corps à moi est un champ de bataille. J'ai l'impression qu'on me lacère et qu'on m'écorche à vif. Je ne savais pas que le chagrin pouvait être une terrible douleur physique. Mon corps se rebelle, mes organes se nouent, mes muscles se raidissent… Je ne savais pas non plus combien le chagrin épuise. Je suis dans un état de fatigue révoltant.

Je lis beaucoup de poésie car il n'y a que la poésie pour aller droit au cœur. Et même les stances à Du Périer reprennent des couleurs.

Mais elle était du monde où les plus belles choses
Ont le pire destin.
Et rose elle a vécu ce que vivent les roses,
L'espace d'un matin
…
Mais d'être inconsolable et dedans sa mémoire
Enfermer son ennui,
N'est-ce pas se haïr pour acquérir la gloire
De bien aimer autrui ?
…
La mort a des rigueurs à nulles autres pareilles
On a beau la prier
La cruelle qu'elle est se bouche les oreilles
Et nous laisse crier.

Hier, un chauffeur de taxi me dit : « Comme c'est triste, la fille de Chirac vient de mourir. Il doit être malheureux. » Je lui réponds que j'ai enterré la mienne, dix jours plus tôt : « Oh, mon Dieu… » Et on a parlé de la vie, de la mort, comme deux vieux amis.

Lison et Françoise C. me disent, quand je me plains de ne plus pouvoir vivre la petite vie merveilleuse de retraitée que je me concoctais : « Mais ça va te secouer, ça va te faire du bien, tu verras… » Oui, peut-être, mais j'aurais tellement préféré ne pas être *secouée*. Bien sûr, je vais consacrer beaucoup de moi-même à Zélie, mais mon idée, c'était de me consacrer à moi !

Il faut se quitter déjà ? Ne me secouez pas, je suis plein de larmes. (Henri Calet)

J'entends à la radio qu'il y a eu, en mars, une augmentation de 14 % des accidents de la route, soit 257 morts de plus qu'en mars 2015. Violette fait partie des deux cent cinquante-sept…

Je ne sais pas comment exister sans elle. Même si on ne se voyait pas souvent, j'avais besoin de la savoir vivante, heureuse, et là pour toujours, ce qui aurait dû être le cas.

La mort d'un enfant, c'est une perte vertigineuse. Je ne sais pas encore si on s'en remet. Ce que je sais, c'est qu'elle a emporté une part saignante de moi.

Dans le train pour Chamonix, où je vais retrouver Pierre et Zélie, une heure dix d'attente à Bellegarde. Je m'aperçois que j'ai perdu mon impatience… C'est si dérisoire en face du chagrin infini qui m'emplit et ne laisse aucune place aux sentiments anecdotiques. Par réflexe, mon ancien moi a pensé : « Quelle barbe, le voyage va durer six heures au lieu de cinq. » Et c'est passé vite, sans ennui. Est-ce un bien, est-ce un mal ? Je n'en sais rien, car je suis dans une sorte de sidération où rien ne me paraît tout à fait réel, où rien ne peut m'atteindre, hors l'idée inconcevable que ma fille est morte.

Je suis dans un nouveau monde, un monde sans Violette, et je ne m'y habitue pas. Elle avait la vie devant elle, une très belle vie. Le meilleur l'attendait ; nous attendait. Car j'en ai bavé avec elle. Et elle avec moi. On s'aimait profondément et on s'irritait épidermiquement. Je me rends compte que nous avons répété, sur trois générations, les mêmes rapports mère-fille : maman admirait sa mère en bloc, mais tout ce qu'elle faisait la hérissait. J'ai réagi de la même façon avec elle : je ne voulais surtout pas lui ressembler, et plus mes choix l'horrifiaient, plus j'étais contente. Et c'était pareil pour Violette : me déplaire était son sport favori. Il nous a fallu du temps, à toutes les trois, pour accepter nos mères et réaliser à quel point nous nous ressemblions. « On devient adulte le jour où on fait ce qu'on a envie de faire, même si ça fait plaisir à papa et à maman. » Je ne sais plus quel psychiatre allemand a écrit ça mais, quand j'ai lu cette phrase, tout s'est éclairé.

Pierre a loué un appartement de plain-pied à Chamonix car, pour le moment, il ne peut plus vivre dans son chalet sur trois niveaux, avec des escaliers partout. Il a un lit médicalisé, une chaise roulante, et des béquilles pour aller de son lit à la chaise. Une infirmière passe tous les matins lui faire des soins. Et une amie, qui a un fils du même âge, emmène Zélie à l'école et la ramène le soir.

Avec Zélie, je n'ai pas encore trouvé ma place et j'ai horriblement peur de ne pas être à la hauteur. De ne pas savoir faire. De ne pas trouver les mots justes. Il faut tout remettre à plat et construire une relation nouvelle. C'était si bien d'être grand-mère, si reposant : on n'a que des avantages et aucun des inconvénients des parents. En plus, elle habite si loin…

Impossible de sauter dans un autobus et d'aller la consoler quand ça ne va pas. Et je n'aime plus la montagne. Et encore moins le froid ! Si j'étais une sainte, je m'installerais à Chamonix pour me consacrer entièrement à elle, mais je ne suis pas une sainte. Et puis, je travaille encore et je veux vivre au mieux mes dernières belles années. Je veux être égoïste, mais je ne peux pas. Plus complètement, en tout cas. Par chance, car c'est une chance, je l'ai toujours aimée, et je l'aime plus que jamais. Comme c'est dur pourtant !

À la demande de Pierre, je vais dans leur chalet de Servoz chercher des affaires et des papiers dont il a besoin.

C'est horrible d'entrer dans cette maison vide et silencieuse où l'absence de Violette prend une place folle. À chaque pas, je me heurte à elle : elle est là, partout et nulle part. J'ai retrouvé la chemise de nuit qu'elle portait pour sa dernière nuit ici. Je la connais, je l'ai souvent vue sur elle. Je pleure en la mettant dans la machine à laver avec le linge sale. Je pleure en voyant ses bijoux sur sa coiffeuse. Je pleure et je repense à notre dernier week-end ici, trois jours avant l'accident. Un merveilleux week-end, tendre et complice, ce qui n'était pas toujours le cas.

Tu m'as traitée comme une reine ! Tu voulais me faire écouter les musiques que tu aimais, ce que tu n'avais jamais fait. On s'est installées autour de ta table basse, tu as allumé tes plus belles bougies et même un feu, uniquement pour moi. Nous étions seules, puisque Pierre et Zélie étaient partis à la patinoire. Tu me demandais mon avis. Je te vois, je t'entends : « Écoute ça, maman, je crois que tu vas aimer. » Et je pensais : « C'est gagné, enfin nous avons des relations apaisées d'adultes. Le meilleur nous attend. »

Évidemment, je pense aussi à notre longue discussion sur ton couple. Tu avais eu une dispute avec Pierre et tu hésitais à partir pour Rome, comme prévu. C'était ton cadeau d'anniversaire pour ses 50 ans. Tu me demandais mon avis et moi, je t'ai conseillé d'y aller… Je savais votre couple solide, je connaissais les qualités de Pierre et j'étais sûre que cela vous ferait du bien.

Rome, où vous n'êtes jamais arrivés.

Le lendemain, tu m'as accompagnée à la gare. On était contentes l'une de l'autre, tu as porté ma valise sans grommeler, tu étais gaie car tu avais décidé de partir, et on avait hâte de se retrouver toutes les deux. Tu m'as installée dans mon wagon et, longuement, tu m'as serrée dans tes bras. Mon amour, c'était la dernière fois que je serrais ton corps vivant contre le mien…

Trente minutes après mon départ, j'ai reçu un SMS. « Merci pour tout maman… Ça m'a fait du bien de t'avoir… Tu es bienveillante… Je t'aime, prends soin de toi et bon voyage. » Je lui ai répondu :

« Moi aussi je t'aime ma chérie et je suis heureuse d'avoir partagé ces moments avec toi. Je t'embrasse très fort. Love. »

Je les relis souvent, même s'ils me déchirent. Mais je suis soulagée que nos derniers mots aient été des mots d'amour.

Zélie vient régulièrement dormir dans mon lit : c'est là que nous parlons le plus, serrées l'une contre l'autre.

« Tu crois qu'elle nous voit ? Tu crois qu'on la retrouvera un jour ?

— Je ne sais pas, ma chérie, un jour j'y crois, le lendemain non…

— Oui, mais elle y croyait, elle…

— Tu as raison, et parfois j'ai l'impression qu'elle est là, avec nous. J'aimerais tellement y croire ! »

Elle sanglote, et moi avec elle : « Mais est-ce que j'ai le droit de pleurer ? » me demande-t-elle, ma petite chérie si courageuse. Avec son père, elle se retient le plus possible. Elle le protège, elle se sent responsable de lui et de la vie quotidienne, pour tous les gestes qu'il ne peut plus faire.

« Tu te rends compte, il aurait pu mourir, lui aussi… Je ne veux même pas y penser… J'ai tout le temps peur, maintenant, qu'il lui arrive quelque chose.

— Non, il ne lui arrivera rien, mon amour, ne t'inquiète pas. »

En disant cela, je me rassure moi-même, car mon idée profonde c'est que tout peut arriver. Je pense comme Aragon, auquel on demandait pourquoi il envisageait toujours le pire : *Parce que c'est le plus vraisemblable.*

Heureusement, Pierre est un très bon père et ils ont des rapports forts et complices : il fait partie de cette nouvelle race d'hommes qui s'occupent avec bonheur de leurs enfants. Au moins, je suis rassurée de ce côté-là. Et en plus, je l'aime beaucoup, ce qui ne gâte rien !

Et puis, il y a aussi Alain et Brigitte qui vivent à Chamonix et sont très présents. Zélie a tellement besoin de nous, et nous d'elle…

Je retrouve maman que je n'ai pas revue depuis la mort de Violette. Lison et sa fille Pauline m'accompagnent, ainsi que Colombe.

Maman a encore beaucoup baissé. Elle nous reconnaît à peine, ou fugitivement. Pauline, pas du tout. Colombe, vaguement. Elle ne mange plus toute seule. Je lui donne la béquée, comme elle le faisait pour moi il y a plus de soixante ans. Lentement, bouchée après bouchée, j'enfourne la bouillie – elle ne supporte plus que les aliments mixés – en attendant qu'elle ait bien avalé la précédente. Elle fait de mini fausses routes, tousse, pleure, crache… J'ai peur qu'elle s'étrangle pour de bon. Cela me rappelle Violette petite, quand je la nourrissais à la cuillère, sauf que Violette riait en s'en mettant partout et jetait, sans se lasser, sa cuillère par terre. C'était épuisant mais gai, et ça allait passer. Pour maman, ça ne passera pas.

J'ai terriblement envie de lui annoncer la mort de Violette, qu'elle sent confusément, j'en suis sûre. Le soir de son enterrement, H. m'a raconté que pendant le dîner elle a répété deux ou trois fois son prénom… Elle a dit aussi, ce soir-là : « Je veux mourir », alors qu'elle ne savait rien. Mais je ne sais pas ce que je dois faire. Personne n'est d'accord là-dessus. Toumie, qui est psy, me le déconseille : « Ça va l'angoisser et elle ne comprendra pas vraiment. » Colombe me dit : « Fais ce qui est bon pour toi. » Mais qu'est-ce qui est bon pour moi ? Je ne le sais pas.

Elle tombe régulièrement de son lit et ne peut plus se relever, parce qu'elle a oublié les mouvements nécessaires, mais aussi parce qu'elle n'a aucune force dans les jambes. On doit s'y mettre à deux pour la soulever. C'est lourd un corps mort, même s'il est maigre. Si elle fait quelques pas, c'est avec le déambulateur ou avec la canne de Paul, soutenue de chaque côté.

Pas un petit coin de peau
Où ne puisse se former la profonde pourriture
Et chacun de nous sait faire un mort
Sans avoir besoin d'apprendre.
(Jules Supervielle)

Ma fille est partout ici, à Hyères où elle est née. Je vois son berceau, mon bébé adoré dont je changeais les couches avec délices. Paul se moquait de moi mais, comme disait maman : « À un mois, ça ne sent pas encore la merde ! »

Je suis crucifiée quand je la revois dans cette maison, à tous les âges de sa vie. En juillet pour la dernière fois, et je ne le savais pas. Ma fille chérie qui ne sera pas là pour me soutenir au moment de la mort de maman.

« Je veux me jeter par la fenêtre, me dit maman tandis que je l'emmène se coucher.
— Non, je vais te jeter dans ton lit, ce sera plus doux ! »

Maman qui écrivait : « J'ai la maladie du bonheur… Non, je ne me suiciderais pas si un de mes proches disparaissait. D'abord, je ne crois pas que je le retrouverais et en plus ça ne le ferait pas revenir. »
Moi non plus je n'ai jamais pensé à me suicider, même si je sais maintenant combien il est facile, et parfois tentant, de se laisser glisser dans un chagrin sans fond dont on ne pourra plus revenir. Je le comprends, et je le respecte : chacun fait comme il peut, avec ce qu'il a en lui de forces et de faiblesses.

Pauline lui montre des photos de Paul.
« Tu le reconnais ?
— Oui, bien sûr, c'est Georges. »

Elle lui montre une photo de sa maison de Doëlan.

« Tu la reconnais ?

— Oui, c'est Kercanic. » (Notre précédente maison bretonne.)

Ne lui reste que la mémoire ancienne : elle reconnaît à peu près ses parents, elle-même ou Flora, quand elles étaient jeunes. Je suis glacée de la voir dans cet état. Je ne ressens plus rien pour elle que l'horreur de sa situation. Violette prend toute la place.

Ce soir, c'est Colombe qui reste à côté d'elle pour l'endormir. Elle lui chante des chansons d'autrefois, en lui caressant les mains et les cheveux. Maman la prend souvent pour Flora, dont elle est la fille.

Quand Colombe nous rejoint au salon, elle est bouleversée car maman, soudain, a dit : « Oh, mais c'est terrible, terrible… En plus, c'était sa fille unique. » Elle parlait forcément de moi, puisque je suis la seule à avoir une fille unique. Donc, elle *sait*, par moments en tout cas. Elle sent, elle ressent, car évidemment l'atmosphère est lourde, pesante : notre chagrin et nos larmes sont tout le temps là, refoulés ou pas. Alors, lui dire ou ne pas lui dire ?

Toute la journée, j'entends Pauline répéter *maman* – maman par-ci, maman par-là… J'envie tellement Lison. Plus jamais on ne m'appellera maman, et j'aimerais tant encore l'entendre, ce mot unique. Et j'aurais dû l'entendre encore si longtemps, et peut-être même sur mon lit de mort, et il me semble que la mort aurait été plus douce.

Ce matin, je lui demande si elle va bien : « Oh, toute morte », me répond-elle. Je m'assieds doucement sur ses genoux, je caresse son visage et j'hésite : je lui annonce la mort de Violette ? Peut-être qu'on partagerait encore quelque chose, même si c'est du chagrin et des larmes… Peut-être qu'elle me serrerait dans ses bras… Peut-être que ça lui redonnerait une vraie place… Peut-être que ça nous ferait du bien à toutes les deux… Mais je n'y arrive pas. Comme elle entend très mal et ne comprend plus grand-chose, j'ai peur de devoir lui répéter, sur tous les tons, jusqu'à le hurler : « VIOLETTE EST MORTE ! »

Dans le noir, nous sommes assises, Lison et moi, sur son lit en attendant qu'elle s'endorme. Elle divague gentiment. Soudain, d'une voix de petite fille : « J'espère que je ne vais pas faire pipi au lit ! »

Je suis comme gelée à l'intérieur. Je fais les gestes que la vie demande, mais sans y croire. Je reste à la surface des choses, je ne m'implique pas, pour moins souffrir sans doute. Je bois du rosé – beaucoup –, je mange avec plaisir – quand c'est bon – mais, à l'intérieur, c'est comme s'il n'y avait plus rien. Et pourtant, je n'ai pas envie de mourir.

Entre le chagrin et le néant, je choisis le chagrin. (Faulkner dans *Les Palmiers sauvages*)

J'ai rêvé que Paul revenait, douze ans après sa mort, pour voir où en était maman. Cela lui prenait du temps mais il découvrait, avec tristesse et fatalisme, son Alzheimer avancé. Et il me disait, d'un ton grave et solennel : « Je te donne l'autorisation… »

De la mettre dans une maison ou de l'aider à mourir ? C'est tout Paul, ça : vous laisser libre, face à vos responsabilités.

Colombe a retrouvé maman par terre, au pied de son lit. Non sans mal, elle l'a relevée, assise, puis basculée dans le lit.

« Tu me mets dans mon cercueil…

— Non, lui a répondu Colombe, mais je crois que tu as envie de mourir, Benoîte… »

Maman, dans son journal, après la générale de *Savannah Bay* de Marguerite Duras : « Pire encore que de perdre sa fille, qu'elle n'ait pas eu d'enfant. Bulle Ogier, qui vient de perdre sa fille, comment peut-elle prononcer ces phrases sur une fille morte ? Comment a-t-elle pu accepter de jouer la pièce la plus cruelle au monde pour elle ? Entendre ces mots :

Mon adorée petite fille. Ma petite, petite, petite… Et Bulle Ogier qui pleure pendant la pièce de grosses vraies larmes. Miracle des grandes comédiennes. »

Un peu plus loin, quand Constance commençait à être malade : « J'ai toujours eu tellement peur qu'elle meure avant moi, comme une seconde mort de Paul en quelque sorte… Rien n'est pire que de perdre son enfant. Je refuse de voir ça, même si j'ai mes deux autres filles, si aimantes, si présentes. »

Tu me manques tant, maman.

Je rentre à Paris ; je continue d'aller au bureau trois jours par semaine, et je fais comme si. J'ai beaucoup de chance car ils sont tous parfaits, élégants, généreux : « Blandine, vous venez quand vous pouvez, quand vous voulez, on gérera. »

Moi qui lisais toute la presse, je ne lis plus rien, ou presque. Plus de romans non plus. Seulement de la poésie ou des témoignages de parents qui ont perdu un enfant ou un proche. C'est ma nouvelle famille, la famille des affligés. Et ils sont nombreux : Victor Hugo bien sûr, Lamartine, Mallarmé, Rosamond Lehmann, Freud, Mahler, Georges Simenon, Françoise Giroud, Laure Adler, Camille Laurens, Philippe Forest, Michel Audiard, Jérôme Garcin, et tant d'autres, connus ou inconnus. Parfois, comme Isadora Duncan, André Malraux ou Geneviève Jurgensen, ils en ont perdu deux d'un coup.

Il y a toujours plus malheureux que soi.

On dîne, Lison et moi, chez notre fidèle amie, Joce, avec Marie. Malgré le champagne, on est comme apeurées, on parle doucement, on se regarde avec circonspection et, surtout, on ne rit plus comme avant. Le chagrin nous écrase même si on essaie de faire bonne figure… Et je me demande si, un jour, on retrouvera notre gaieté, notre ardeur à vivre, nos excès langagiers.

Le plus beau courage est celui d'être heureux, comme l'a écrit Joubert.

Violette est tout le temps avec moi : je suis amputée et j'ai mal à elle, comme on a mal, paraît-il, au membre perdu. C'est ce qu'on appelle les douleurs fantômes.

C'est toujours toi qui m'annonçais les drames, mon amour. Pour *Charlie Hebdo*, j'étais à l'heure du déjeuner chez Armani, pour les soldes, et tu m'as appelée pour me prévenir.

« C'est terrible ce qui se passe, maman ; en plus, tu les connais…

— Oui, c'est terrible… Mais non, non, moi mes copains, ils sont au *Canard enchaîné*. »

Tu n'as pas insisté. J'ai payé la jolie jupe noire et dans la rue, soudain, le choc ! Mais bien sûr, Georges Wolinski… J'ai rappelé Violette qui m'a dit qu'on ne savait pas encore s'il était mort.

Je suis rentrée chez moi, pétrifiée, pour regarder la télévision. Et on n'a su qu'assez tard que Georges était mort, lui aussi. Ce jour-là, j'ai découvert la force du déni qui m'avait fait affirmer : « Non, non, je ne les connais pas personnellement. »

Pour les attentats de Bruxelles, c'est toi aussi qui m'as prévenue. J'étais à mon bureau : « Maman, tu es au courant ? »

Tu ne m'annonceras plus jamais rien, mon amour.

Toumie me dit que maman est souriante et contente, mais qu'elle ne comprend plus rien à rien. Elle fait semblant et elle répond n'importe quoi ; quand elle répond.

C'est le moment que choisit H. pour nous annoncer sa démission, pour d'obscurs problèmes de préséance avec les autres dames. On se croirait à la cour de Louis XIV où des marquises se battaient avec des duchesses, pour savoir qui aurait le droit de s'asseoir sur un tabouret devant le roi. À la cour de la reine Benoîte, H. veut être la première et elle ne supporte pas qu'on ne suive pas ses volontés à la lettre. Nous sommes outrées, Lison et moi, qu'elle nous fasse ce mauvais coup. Il va falloir aller à Hyères en urgence pour trouver quelqu'un d'autre.

Il y a quelques jours, j'ai rêvé que Clémentine était morte et que je me retrouvais doublement malheureuse. Elle est depuis toujours ma fille d'adoption, de substitution maintenant… Dès son enfance, j'ai eu le sentiment que je la comprenais de l'intérieur et je la défendais quand maman et Lison l'attaquaient sur sa prétendue dureté. C'est une tendre, provocante et orgueilleuse, comme je l'étais au même âge. Moi aussi, maman me trouvait dure ; la douce, à ses yeux, c'était Lison. Un autre point commun, c'est la violente jalousie dont nous avons longtemps souffert après la naissance de nos sœurs… Et puis, par bien des points, Clémentine est plus proche de moi que ne l'était Violette : nous partageons le même goût passionné pour la littérature et, comme moi, elle en a fait son métier.

Le psy que je vais voir de temps à autre, quand c'est trop dur, me dit que dans mon rêve je l'ai fait mourir à la place de ma fille. Je n'y avais pas pensé.

Il va falloir que j'intègre l'idée que Violette est morte. Combien de temps cela prendra-t-il ?

Le lendemain de notre arrivée à Hyères, maman est toujours endormie à 9 heures. Et si… et si…

Et non, et non. Elle se réveille à 10 h 15, ce qui est rarissime. Plus absente que jamais. Elle ne nous reconnaît plus, elle ne parle plus, elle ne mange presque rien. Elle ressemble à une vieille poupée désarticulée et j'ai du mal à rester à côté d'elle : ça me déprime au dernier degré. Et je le suis déjà, déprimée au dernier degré.

« Bonne fête, maman ! »

Nous sommes le 29 mai, jour de la fête des Mères. « Bonne fête », répète-t-elle mécaniquement. Et moi, j'ai envie de pleurer car ma fille ne m'appellera pas aujourd'hui, pour la première fois depuis tant d'années. Sa belle voix gaie, sa tendresse, tout cela est fini. Personne devant, personne derrière. Je suis doublement orpheline.

Il y a deux mois, j'enterrais ma Violette. Tout ce travail que représente l'éducation d'un enfant : les angoisses, les bonheurs, l'interminable crise d'adolescence qu'on finit par surmonter, tout est réduit à néant.

Son enfance me remonte à la gorge : nous avons passé tant de Noëls ici, tant de vacances de Pâques et d'étés… J'étais heureuse, et je le savais. Au moins n'ai-je pas ce regret.

Je me souviens d'un Noël, Violette devait avoir 9 ou 10 ans, où on avait décidé avec les parents de faire une soirée poétique. Chacun devait réciter un poème et, pour ma fille, j'avais choisi *Brise marine.* Mallarmé n'est pas le plus simple des poètes mais, à ma grande surprise, elle l'avait appris facilement. Et entendre cette petite môme dire « La chair est triste, hélas, et j'ai lu tous les livres… » était irrésistible.

Le lendemain soir, les parents dînaient au fort de Brégançon avec Mitterrand. Quand maman lui a dit que nous avions passé la soirée à déclamer de la poésie, il a trouvé ça merveilleux et il lui a demandé ce qu'elle avait choisi.

Je n'aime pas dormir quand ta figure habite,
La nuit, contre mon cou ;
Car je pense à la mort laquelle vient si vite
Nous endormir beaucoup.

Je mourrai, tu vivras et c'est ce qui m'éveille !
Est-il une autre peur ?

Et Mitterrand avait enchaîné :
Un jour ne plus entendre auprès de mon oreille
Ton haleine et ton cœur.
...
Rien ne m'effraie plus que la fausse accalmie
D'un visage qui dort ;
Ton rêve est une Égypte et toi c'est la momie
Avec son masque d'or.

Cocteau, dans *Plain-Chant*, sur lequel il a ensuite disserté brillamment, à son habitude.

Je découvre dans un article le Tako-Tsubo, ou « syndrome du cœur brisé », décrit pour la première fois au Japon : c'est une pathologie grave du muscle cardiaque, dangereuse, voire mortelle. Les symptômes sont très proches de ceux de l'infarctus : il survient à la suite d'un stress professionnel ou d'un choc émotionnel, comme un deuil ou une rupture amoureuse.

Nous visitons une *maison* à Hyères, tout près de chez nous. Un beau jardin, chaque chambre possède une terrasse, on peut installer ses meubles et ses tableaux. Le personnel a l'air charmant, les pensionnaires moins. On a le cœur serré de les voir, ces vieillards plus ou moins abîmés, qui ne sortiront d'ici que les pieds devant. Malgré les louables efforts pour rendre l'endroit coquet, il y règne une terrible atmosphère de fin du monde. Lison et moi, on n'a qu'une envie : s'enfuir.

Pourtant, il apparaît de plus en plus que maman ne peut pas rester à la maison. Tous les jours, il faut changer et laver ses draps et son pyjama, parfois deux fois par jour. Les dames ne peuvent plus la relever seules, et elle tombe beaucoup, il faut monter tous ses repas à l'étage, la faire manger bouchée après bouchée ; et puis il y a le risque d'un accident, quel qu'il soit. Quand je vois toutes les pilules qu'elle avale, matin, midi et soir, je me dis souvent : « À quoi bon ? » Cela devient trop compliqué, trop dur, pour tout le monde. Y compris pour elle. Alors, qu'est-ce qu'on fait ?

Nous parlons au docteur P. de la *maison* que nous avons visitée. Il nous dit que la décision nous revient, mais je sens bien qu'il n'y est pas favorable. Et nous non plus. C'est exactement ce qu'elle refusait de toutes ses forces : mourir dans un mouroir, aussi chic soit-il. On ne peut pas lui faire ça. Comme disait Paul : « Il faut bien se décider à mourir un jour. »

Je pense à Kafka apostrophant son ami étudiant en médecine qui ne le quittait plus vers la fin alors qu'il souffrait terriblement : « Si vous ne me tuez pas, vous êtes un assassin. »

L'ami est devenu un assassin.

Lison et moi, on décide que le moment est venu de faire ce qu'on doit faire, par amour et par fidélité. Surtout après avoir visité cette *maison.* On sait ce qu'elle voulait et ce qu'elle ne voulait pas. On n'a pas le droit de la trahir après tout ce qu'elle a dit, écrit, proclamé… On se souvient de Flora disant à Colombe, quand elle l'a installée à l'Épidaure : « Tu veux que je me suicide ? »

Dès notre retour à Paris, nous prendrons rendez-vous avec Francisco.

Nous prenons un verre avec Francisco pour savoir s'il est toujours d'accord et prêt à prendre ce risque, car c'est un risque pour lui, même si en Belgique, son pays, l'euthanasie est autorisée.

Il n'hésite pas une seconde : « Je vous l'ai promis, je vous le dois, et je le dois à Benoîte que j'ai toujours admirée. Je connais ses prises de position, je sais combien elle serait révoltée et scandalisée d'être dans cet état, elle qui a toujours milité pour le droit de mourir dans la dignité. Je connais aussi vos liens et votre amour mutuel. »

Très calmement, il nous explique qu'il viendra à Hyères incognito, et que cela se passera vers 10, 11 heures du soir, quand nous serons seules avec maman. Il lui fera une intraveineuse et elle *partira* doucement, sans souffrir. Nous n'aurons plus qu'à appeler le docteur P. le lendemain matin, pour qu'il constate son décès. Lui, il aura déjà repris le premier avion pour Paris.

Nous choisissons une date : ce sera en juin. Le 20 juin.

Comme c'est étrange de connaître la date de la mort de sa mère. C'est un sentiment de toute-puissance très perturbant. Mais comme on est soulagées aussi. On sera à côté d'elle, on lui tiendra la main, on lui dira des mots tendres, et elle mourra chez elle, dans son lit, sans souffrir, sans connaître l'indignité d'un placement et d'une mort anonyme et, sans doute, solitaire…

« Mon corps m'appartient », clamait-elle avec les féministes quand elle manifestait pour le droit à l'avortement. « Ma mort m'appartient », disait-elle avec l'ADMD en réclamant le droit à l'euthanasie.

Nous sommes dans un temps suspendu, Lison et moi, pendant ce mois de juin à Paris. Lorsqu'on parle de maman, on prétend qu'on va être obligées de la mettre dans une *maison,* qu'il n'y a pas d'autre solution. Clémentine et Pauline, les filles de Lison, sont scandalisées, et elles ont raison. Mais on ne peut pas partager ce qui est un secret, par rapport à Francisco.

Je profite de ces journées, dont chaque minute me rapproche de la mort de maman, pour plonger dans mon passé : j'ai besoin de mettre de l'ordre dans ma vie, comme dans mes tiroirs, afin de contrer mon chaos intérieur.

Dans une petite boîte en parchemin, je retrouve les dents de lait de Violette. J'en tremble. Et je réalise que je n'ai pas de mèche de cheveux d'elle. Pourtant, j'ai désiré en couper une, quand elle était dans son cercueil mais, par une espèce de timidité idiote, je n'ai pas osé. Peut-être parce qu'une infirmière lui avait tressé une natte et que cela me semblait presque sacrilège d'y toucher. J'aurais dû écouter Marie qui voulait la défaire, cette foutue natte ; je l'en ai empêchée et je le regrette. Comme Maryse Wolinski m'a dit regretter n'avoir pas pris de photos de Georges mort. Son visage était intact, beau et rajeuni, puisque les assassins avaient tiré dans sa poitrine. Une psy de service, qui l'accompagnait à la morgue, le lui a déconseillé et elle ne l'a pas fait.

Autrefois, il n'y a pas si longtemps, on prenait des photos de ses morts, surtout les bébés et les petits enfants, parés de leurs plus beaux atours. Pour les adultes, on faisait des masques mortuaires. Danton n'a pas hésité, après la mort de sa femme survenue en son absence, à faire déterrer son corps pour qu'un sculpteur exécute un moulage de son visage… Maman n'a pas hésité non plus et elle a pris des photos de Pierre, son premier mari, sur son lit de mort au sanatorium de Sancellemoz. Je me souviens que nous les regardions souvent, Lison et moi. Ce jeune mort nous a toujours semblé familier et il fait partie de notre histoire.

Récemment, j'ai découvert *Camille sur son lit de mort*, le bouleversant portrait qu'a fait Monet de sa femme, décédée à 32 ans. Son visage, enveloppé dans son voile de mariée – une tradition, à l'époque – baigne dans des lumières blafardes, bleues, roses, blanches et grises. Non, cela ne me semble pas morbide : c'est au contraire une dernière preuve d'amour.

C'est d'une cruauté inouïe ton absence, ma chérie. Je n'arrive toujours pas à y croire, même si j'y suis confrontée jour et nuit. Où es-tu, mon amour, si tu es quelque part ? Est-ce que tu voles au-dessus de moi, comme dans le rêve de Catel ? Pourquoi tu ne m'apparais jamais, à moi ? Ta voix me manque tant : « Mum, quoi de neuf ? me demandais-tu toujours au téléphone. – Rien, depuis hier, ma chérie ! »

Volées, nous sommes volées : toi de ta vie, moi de toi et je suis en deuil de notre avenir, beaucoup plus que de notre passé. Il y a tant de choses que j'aurais voulu te dire encore ; tant de choses à partager que nous ne partagerons pas. J'avais l'intention de vous emmener tous les trois à Bali ou aux Maldives, après la mort de maman : par chance, ça, je te l'avais dit, et tu étais heureuse de ce projet.

Et Zélie que tu ne verras pas grandir… Je pourrais continuer pendant des heures. Quand je suis seule, il m'arrive de hurler ma rage, ma révolte, mon refus.

Pour la première fois de ma vie, je ressens dans mon corps la justesse de certaines expressions comme *être en miettes, être en mille morceaux.*

Depuis sa mort, je pense souvent à Paul ; presque jamais à mon père. Et il me manque, Paul, et je sais qu'il aurait su trouver les mots pour me consoler, même si je suis inconsolable. Lui aussi a perdu un petit garçon, né d'un premier mariage. Il n'en parlait jamais, c'est maman qui nous l'avait dit. Pendant un an ou deux, Paul se réveillait souvent en sanglotant. S'il était encore là, je suis sûre qu'on en aurait parlé tous les deux, on aurait pleuré ensemble, et ça nous aurait fait un bien fou. Il m'aurait dit des choses qu'il n'a jamais dites à personne, même pas à maman.

Je relis *Broderie anglaise* de Violet Trefusis, que je lisais enceinte : c'est à ce moment-là que j'ai décidé de t'appeler Violette. D'abord parce que je trouvais ce prénom rare et beau, ensuite parce que Violet Trefusis me plaisait beaucoup. Enfin, parce que c'est une couleur qui m'a toujours irrésistiblement attirée. Depuis ta naissance, je fais collection de savons, parfums, bonbons, cartes postales, objets, serviettes en papier, nappes, tout ce que je trouve avec des violettes. C'était pour toi, ma chérie.

Dans une boîte en forme de cœur, je retrouve tes mots d'amour de petite fille que tu déposais sous mon oreiller. Comme on s'aimait, comme tu me l'écrivais. Et comme c'est atroce de retrouver tout ça et de ne plus t'avoir, toi. Je t'aime tellement et je ne peux plus te le dire, te l'écrire. Je ne peux plus prendre mon téléphone et t'appeler. Au moins, te l'ai-je assez dit que je t'aimais ? Je sanglote, comme je n'ai plus sangloté depuis longtemps. Je voudrais te retrouver, même odieuse, comme tu savais si bien l'être avec moi, dans ton adolescence… Oui, mon amour, je donnerais tout pour te retrouver, même dans ton pire !

Et la vie continue. Désespérément identique et radicalement différente.

Freud à son ami Binswanger qui a perdu son fils : « On sait que le deuil aigu que cause une telle perte aura une fin, mais qu'on restera inconsolable, sans jamais trouver un substitut… Tout ce qui prendra cette place, même en l'occupant entièrement, restera toujours quelque chose d'autre… Et à vrai dire, c'est bien ainsi, c'est le seul moyen que nous ayons de perpétuer un amour auquel on ne veut pas renoncer. »

Depuis deux ou trois ans, Violette me ressemblait de plus en plus dans sa façon d'organiser sa vie. Comme moi, à l'époque où je vivais à Chamonix avec son père, elle avait besoin, de temps en temps, d'être seule à Paris, sans enfant ni mari. Elle venait pour des séances de magnétisme ou de voyance. Et pour faire la fête ! Elle qui avait tant critiqué ma façon de vivre, elle qui clamait qu'elle ne donnerait jamais sa fille à garder, comme moi je l'avais fait…

On en parlait en riant car elle n'aurait pas voulu le croire, dix ans plus tôt : « Oui, maman, ça m'énerve, mais je te ressemble de plus en plus ! » J'en étais heureuse parce que ça nous rapprochait, on se comprenait et s'aimait mieux.

Violette a mis du temps à me pardonner d'être qui j'étais. Même après la naissance de Zélie, elle a encore eu des accès d'agressivité. Je me souviens du séjour raté de maman, qui était venue pour découvrir son arrière-petite-fille, et où elle nous avait reçues comme des gêneuses. La cause ? Introuvable. Dès que maman ouvrait la bouche, elle la rembarrait sèchement ; avec moi, elle éructait à propos de tout et de rien. J'étais mortifiée, pour maman surtout, et j'ai eu honte de ma fille… Si ma mère n'avait pas été là, j'aurais fait ma valise et je serais partie.

Je me souviens du jour où Violette a décrété que Zélie, qui adorait lire, n'aimait plus ça. Et que je ne devais plus lui apporter, comme je le faisais à chacune de mes visites, un livre amoureusement choisi à la librairie Chantelivre, rue de Sèvres. Alors qu'elle-même lisait de plus en plus et avait même commencé à écrire. En cachette, à l'époque !

Cela m'a peinée, car j'ai bien compris que c'était une façon d'éloigner Zélie de moi. J'ai fermé ma gueule, comme je le faisais depuis quelque temps : depuis un été à Hyères où j'avais décidé de lâcher le pouvoir pour éviter que l'on se fâche, comme on le faisait à chaque fois. Ce n'est pas facile de lâcher le pouvoir quand on l'a depuis si longtemps ! Tant pis pour le bordel dans sa salle de bains, les volets qui restent fermés toute la journée dans sa chambre, la cuisine jamais rangée comme je l'aurais voulu… Je refusais de gâcher nos vacances déjà si courtes. L'adulte, c'était moi, c'était donc moi qui devais me conduire en adulte.

À la fin de ce séjour, au moment de leur départ, Violette m'a dit : « Tu as remarqué, maman, on ne s'est pas engueulées une seule fois ? »

Oui, j'avais remarqué !

Et juste quand nos relations étaient enfin apaisées, la mort me l'arrache.

Maman en 2005, à 85 ans : « Il ne faut rien céder à la mort, sauf quand on cède tout. Mais tous les petits abandons et renoncements qui vous livrent par petits bouts au néant, je les combats. Me voyant maintenant, je me dis : j'étais jeune encore à 80 ans ! Presque intacte pour l'essentiel. »

Cela me donne de l'espoir ; et de la marge.

Il y a des moments où j'oublie : je me réveille dans la nuit, je me sens plutôt bien, ma pensée baguenaude et, au bout de quelques secondes, je suis transpercée par un coup de poignard : la mort de ma fille me remonte au cœur et c'est une atroce douleur. Dans la journée aussi, ça arrive à l'improviste, alors que je me lave les dents ou que je range des papiers, hop, le coup de poignard. Alors je prends un Xanax, ou un verre, selon l'heure.

Oui, le chagrin ronge comme le petit renard du Spartiate ronge son ventre. Personne ne voit rien, mais le travail de destruction est à l'œuvre, souterrainement. Oui, j'ai peur que ce chagrin devienne un cancer qui rongera mon corps. Ou alors une maladie auto-immune qui est une maladie qu'on s'inflige à soi-même : le corps ne reconnaît plus ses propres cellules et il les élimine au plus vite. Je repense au Tako-Tsubo, le syndrome du cœur brisé… Pourquoi mon corps ne me punirait-il pas des souffrances que je lui fais subir ? Pourtant, je ne veux pas mourir, c'est un fait. Je tiens encore à moi. Et puis, il y a Zélie : je n'ai pas le droit de lui infliger ma mort, tant qu'elle est encore une enfant.

Nous arrivons à Hyères le 19 juin, la veille de la date fatidique. Retrouver maman – l'ombre de maman – nous confirme dans la justesse de notre décision : il n'y a plus que l'être physiologique qui perdure en elle.

Personne n'est au courant. J'ai dit au bureau que je rentrerais le 24 juin, alors que j'ai pris la décision de ne plus quitter Hyères avant mi-août, pour mon dernier mois de travail avant ma retraite. Il n'y a que dans ce pays et cette maison, que j'aime tant, que je pourrai reprendre des forces. J'ai donc préparé une énorme valise, comme chaque année, pour mon mois de vacances. Mais le grand bonheur des préparatifs n'est pas au rendez-vous. Ce sera mon premier été sans Violette. *Mon premier été sans Violette*... Je l'écris, je le sais, mais je n'arrive pas à y croire. Car c'est invraisemblable. C'est donc avec une terrible tristesse, chevillée au corps et à l'esprit, que je prépare mon départ. Où est passée ma joie de partir pour les « grandes vacances » ? Reviendra-t-elle un jour, cette joie ? Dans un an, dans cinq ans ? Ou jamais ?

Il fait beau et je pense que maman ne verra pas l'été qu'elle aime tant. De toute façon, elle ne voit plus rien. Elle ne mange plus rien non plus, ou presque. On lui tend la petite cuillère en répétant : « Mange, maman, mange », mais elle garde la bouche obstinément close. On a tout juste réussi à lui faire avaler trois cuillerées de yaourt au chocolat. Même le vin rouge qu'elle aimait tant ne passe plus depuis longtemps.

Ce premier soir, nous la couchons et nous restons à côté d'elle, en attendant qu'elle s'endorme. Nous lui tenons la main et caressons tendrement son visage. On lui répète : « Lâche, maman, lâche… Ce n'est plus une vie, tu ne supporterais pas de te voir dans cet état. On est là, à côté de toi, on t'aime, c'est le moment. »

Elle s'endort doucement.

Le lendemain soir, Francisco doit arriver vers 21 heures. Nous ne quittons pas maman que nous avons couchée, et nous lui répétons les mêmes mots que la veille en lui promettant qu'on va l'aider, que le moment est venu.

« Tu as eu une vie magnifique, maman chérie, sur tous les plans ; tu es restée toi-même très longtemps, lâche, maman, lâche, on est là, nous tes filles, on t'aime… »

Soudain, elle s'agite et répète : « Oui, oui, oui », et en même temps son menton s'abaisse et remonte régulièrement, comme en signe d'acquiescement. On est stupéfaites, follement émues, incrédules aussi. Hier soir, elle n'avait absolument pas réagi. Là, c'est comme si elle nous donnait la permission. Elle est calme, même si elle ne dort toujours pas. Elle dit encore des choses incompréhensibles, et d'autres presque prémonitoires : « C'est suite et fin… » Et soudain, très distinctement : « Je veux ma maman ! »

On se regarde, Lison et moi, mon Dieu, comme c'est dur, et nous pleurons en lui caressant les mains, le visage, les cheveux. On l'aime plus que jamais.

Francisco arrive. On se parle à peine et il prépare l'intraveineuse dans un silence absolu. Cela dure un temps fou, nous semble-t-il. On est pétrifiées, et on ne lâche pas les mains de maman. On continue de lui murmurer des mots d'amour et là, très distinctement encore, elle répète : *Blandine ? Blandine ?* Avec ce ton légèrement impérieux qu'elle utilisait, il y a deux ou trois mois, quand elle était devant la télévision et moi à côté d'elle, en train de lire. *Blandine ? Blandine ?* Ça voulait dire : « Tu es là ? Tu ne m'oublies pas ? Tu m'aimes ? »

Oui, je t'aime, maman chérie. Mais lâche, lâche…

Car son corps ne lâche pas, son corps résiste. Comme elle a toujours résisté. Plusieurs fois, on croit que c'est fini. Lison lui prend le pouls : il est imperceptible, mais il bat encore. On se regarde, tous les trois. Et si ça ne marchait pas ? Et s'il fallait tout recommencer ?

Évidemment, tu as fini par mourir, maman. On a beau s'y attendre et, dans notre cas le savoir, le vouloir, c'est un choc ce moment où on contemple la mort qui a pris possession de l'être aimé… Il est si ténu ce *passage* où en une seconde on est précipité dans un autre temps, un autre univers.

Au moins, tu n'as pas souffert, tu ne t'es pas étouffée, comme je le redoutais tant, et tu n'as pas eu ces terribles spasmes, comme Paul à l'hôpital, avant de mourir. Tu es morte dans ton *sommeil*, comme tu le voulais.

Il y a une solitude de l'espace
Une solitude de la mer
Une solitude de la mort, mais toutes
Seront jeux de société en face
De ce site plus profond
De cette intimité polaire

Où une âme se boucle avec elle-même –
Infinité finie.

Ma chère Emily Dickinson, qui a tant et si bien parlé de la mort.

La mort de maman… Ce moment, tant redouté depuis l'enfance, est arrivé. Je suis étonnée, car je ne souffre pas vraiment : mon chagrin est plus intellectuel qu'émotionnel. La disparition de Violette me bouche l'horizon et la mort de ma mère, à 96 ans, est « normale ». Et puis, elle n'était plus elle-même depuis si longtemps. J'ai déjà fait, du moins je le crois, le deuil de ma vraie mère, la femme qu'elle était et qui avait disparu dans un corps que je reconnaissais, certes, mais qu'elle n'habitait plus. Un corps qui se rigidifiait et qui avait perdu la plupart de ses réflexes vitaux.

Je sais que c'est une souffrance de perdre sa mère, je l'ai toujours su. Je me sens non de marbre, mais de glace, car je suis glacée à l'intérieur. Pourtant, cette glace fondra et mes larmes, alors, couleront.

Au moins, je n'ai pas failli à mon devoir et je suis en paix avec moi-même. Elle nous a donné la vie, on lui a donné la mort. Un très beau cadeau, de part et d'autre.

Lison a appelé ses filles pour leur annoncer la nouvelle. Oh, comme je l'ai enviée ! Comme j'aurais aimé pouvoir appeler ma fille, moi aussi, et comme elle aurait su me soutenir et trouver les mots pour apaiser mon chagrin ; un chagrin que j'aurais pu vivre, si elle était encore vivante.

Vers minuit, nous avons ouvert une bouteille, puis une seconde, que nous avons bues avec Francisco, en grignotant des tapas. Et on a parlé, parlé…

Nous avons vécu ensemble quelque chose d'exceptionnel qui nous lie à jamais. Je l'admire et je l'aime infiniment.

Le lendemain matin, nous avons appelé le docteur P. pour qu'il constate le décès. Il a constaté… S'est-il douté de quelque chose ? Je ne le crois pas, en tout cas il n'a rien dit.

Et il a fallu tout recommencer. Prévenir, la famille, les amis, l'AFP, répondre aux journalistes, choisir un cercueil, des musiques, des faire-part, des textes pour la cérémonie laïque… J'avais l'impression d'être dans un cauchemar : exactement deux mois et vingt jours plus tard, j'organisais l'enterrement de ma mère, après celui de ma fille.

Pour les faire-part, nous avons choisi une belle photo de maman à Doëlan, dans son jardin, devant la mer qu'elle aimait tant, avec un texte tiré de *Mon évasion,* son autobiographie.

Tant que je saurai où demeurer, tant que je serai accueillie par le sourire de mes jardins, tant que j'éprouverai si fort le goût de retourner et non de fuir ; tant que la terre n'aura perdu aucune de ses couleurs, ni la mer de sa chère amertume, ni les hommes de leur étrangeté, ni l'écriture et la lecture de leurs attraits ; tant que mes enfants me ramèneront aux racines de l'amour, la mort ne pourra que se taire.

Moi vivante, elle ne parviendra pas à m'atteindre.

Tu avais raison, maman, toi vivante la mort ne t'a pas atteinte : ton corps ne durait plus que par habitude et il a simplement glissé dans le néant.

Plus personne ne m'appellera *Boudou* ou *mon petit bout*...

Devant maman morte, tout le monde s'extasie : « Comme elle est belle ! » Non, elle n'est pas belle. Les morts sont rarement beaux. Cette bouche qui se mange elle-même et dont il ne reste qu'une esquisse fine et méconnaissable ; ces joues creuses, comme avalées par le néant, et surtout ces yeux fermés dont le regard a disparu. Son visage est dur et sûrement pas serein. Je crois que maman ne voulait pas mourir, même si elle ne désirait plus vivre. Comme le disait

Colette à propos de Marguerite Moreno, *elle était peu faite pour être morte* !

J'ai pris des photos de maman dans son cercueil, comme je l'avais fait pour Violette, témoignage ultime de leur dernier état terrestre. Ma fille non plus n'était pas belle dans son cercueil, abîmée par deux jours en réanimation. Pas méconnaissable, non, mais différente : évidemment plus *belle* que maman car elle n'avait que 36 ans. Elle, je l'ai embrassée en la suppliant de se réveiller. Maman, je ne voulais pas qu'elle se réveille.

Le seul beau mort que j'ai vu, le seul qui se ressemblait, c'était Paul : toujours impérieux, dédaigneux presque.

La crémation aura lieu le 24 juin. Maman nous avait toujours dit que c'était ce qu'elle préférait, mais que si nous voulions l'enterrer ou la mettre à la fosse commune, ça lui irait très bien aussi : « Ce qui sera le moins compliqué pour vous, mes chéries. Moi, je m'en fous ! »

On a décidé d'organiser quelque chose d'intime, avec juste la famille et quelques amis très proches. On se rattrapera à l'automne, à Paris, avec un hommage amical et professionnel. Là, les vacances arrivent, les gens partent, et moi je ne suis pas de taille à organiser tout ça pour le moment. Et puis, j'ai décidé de rester à Hyères jusqu'à mi-août… et j'ai bien fait : j'ai besoin de ces semaines où je serai tout à moi pour pleurer ma mère et ma fille et, qui sait, pour commencer à renaître ? Pierre et Zélie viendront passer quinze jours ici, comme chaque été.

Ma chère Annie, la seule femme que je laisserais sans crainte dans le même lit que mon mari – et elle pareil pour moi ! –, est arrivée la première. La mort de maman, comme celle de Paul, l'affecte beaucoup. Nous avons partagé tant de moments, nos vies sont tellement liées : toutes les deux, on a été vaguement amoureuses du beau-père de l'autre. Elle prétend qu'aucun homme ne l'a jamais autant fait rire que Paul qui l'éblouissait par sa culture et son humour. Elle a un souvenir ému de lui, enveloppé d'une cape romantique, déclamant le Kama Sutra du haut des remparts de l'île du Guesclin que ses parents avaient achetée en 1959. Et moi, j'ai un souvenir ému de Léo nous chantant ses dernières chansons sur notre petit piano droit, avec Madeleine assise à ses pieds lui soufflant les vers qu'il avait oubliés. Ils étaient l'image de *L'Amour sublime*, titre de l'anthologie de Benjamin Péret où un chapitre leur est consacré.

Annie, comme maman, a fait des études de lettres classiques et il leur arrivait de nous snober en parlant latin. Toutes les deux, c'étaient des bûcheuses, même si Annie allait à la Sorbonne en Porsche rouge et maman habillée en haute couture par sa mère. Toutes les deux elles sont entières, incapables de feindre, intransigeantes mais tendres sous des airs parfois durs. Annie et Didier, son mari depuis trente-neuf ans, font partie des derniers fidèles, avec les Wolinski et Marie Dabadie, qui invitaient encore maman à dîner, vers la fin. Et bien sûr Catherine, Toumie et Joce.

C'est Annie qui a transporté l'urne de Paul en voiture, depuis Hyères où il est mort jusqu'à Doëlan où nous avons dispersé ses cendres. Elle qui perd tout mourait de peur qu'on les lui vole, ou d'avoir un accident et qu'elles s'éparpillent dans la nature ! Elle se souvient de sa première nuit avec l'urne dans sa chambre, nuit qu'elle redoutait beaucoup. À sa grande surprise, cela avait été presque apaisant d'avoir Paul à côté d'elle…

Catel, qui a pu venir cette fois-ci, me raconte le rêve étonnant qu'elle a fait il y a quelques jours. D'autant plus étonnant qu'elle ne sait pas que nous avons aidé maman à mourir. Violette vole au-dessus d'elle, comme dans son rêve précédent, et elle lui dit : « Je vole sans souffrance, je suis le souffle, le dernier souffle de Benoîte. Il faut qu'elle reste à la maison et que son dernier souffle soit chez elle. » Catel lui répond qu'elle me voit, à l'hôpital, en train de lui faire une piqûre pour qu'elle *parte* : « Non, lui dit Violette, Benoîte doit être à la maison et maman lui tiendra la main. Il ne faut pas qu'elle souffre surtout. »

Je reste sans voix.

Maman est dans son urne, posée sur la table en galuchat de son père. Nous disperserons ses cendres en Bretagne, comme elle le voulait, en septembre. Dans la mer où elle rejoindra Paul, et aussi dans son jardin sous un rosier Benoîte Groult. Un rosier créé à notre initiative, grâce à Hélène et Patrice Fustier, propriétaires du château de Courson, des admirateurs de maman. La roseraie Ducher l'a conçu en 2012 et on lui a offert pour ses 92 ans. On savait que rien ne pouvait lui faire plus plaisir que d'avoir une rose à son nom. Rosie, c'est tout de même le prénom qu'elle a porté jusqu'à ses 20 ans, avant de choisir Benoîte. Rosie reposera donc sous son rosier.

J'ai perdu le 1er avril ma fille unique et le 20 juin, ma mère unique. Maman est un mot qui a disparu de ma vie. Je ne le dirai plus et je ne l'entendrai plus.

Je range ses affaires et je vide son dernier sac à main qu'elle serrait contre elle en nous demandant où il était… Dans son portefeuille, je trouve un article annoté et souligné sur la mort de Georges Wolinski, avec une photo de lui et de Maryse. Quelques pièces de monnaie et un billet dérisoire de dix euros. Toutes ses cartes de réduction, une photo d'identité de

Flora, très jolie, et une de Constance, petite. Une photo de Kurt aussi, son amant américain, prise dans la cuisine de Hyères, en robe de chambre devant son thé. Et la dernière lettre d'amour de Kurt qu'il avait demandé à sa fille de poster le jour où il mourrait. Sinon, qui aurait prévenu maman ? C'est une lettre bouleversante, qu'elle nous avait fait lire, et que je ne peux pas relire sans pleurer.

« Ma Benoîte adorée, je voulais que tu lises ces mots utilisés par moi, si souvent, encore une fois. Ce cœur, si plein d'amour pour toi, mon amour, est maintenant tranquille. Je suis reconnaissant à la vie d'être parti avant toi, mon amour : cela aurait été insupportable d'être dans ce monde sans toi. Ça aurait été pire que l'enfer de vivre ces mois, ces années, loin de toi. Je te remercie encore pour le bonheur que tu m'as donné, pour l'amour partagé. S'il y a un autre temps, un autre endroit, ma Benoîte, je le veux à tes côtés. Oui ? Oui, ma chérie. Je demande pardon à ceux que j'ai blessés en t'aimant sans réserve. Je t'aime,

Kurt »

Ce soir, je m'installe dans sa chambre et je dors pour la première fois dans le lit où elle est morte le 20 juin. Ce lit dans lequel elle a tant et si bien fait l'amour avec Kurt.

Je prends possession de cette maison qui est la mienne maintenant, puisque Lison préfère Doëlan. Cette maison tellement imprégnée de Paul et maman, cette maison qu'ils ont créée à partir de ruines, ou presque. Je ne me sens pas encore vraiment chez moi, mais ça viendra. Je range, je trie, je jette, je donne et je fais des belles piles de draps et de serviettes… Bref, je mets de l'ordre : mon ordre !

Et surtout, je m'étourdis dans l'action. Je ne *pense* que la nuit, mais alors là je *pense* vraiment.

Tous les jours, je vais me baigner et me réchauffer le corps et le cœur sous ce soleil méditerranéen que j'adore. Toumie ou Catherine m'accompagnent tendrement.

Soleil ! Soleil !… Faute éclatante !
Toi qui masques la mort, Soleil,
…
Tu gardes les cœurs de connaître
Que l'univers n'est qu'un défaut
Dans la pureté du Non-être !
Paul Valéry dans *Ébauche d'un serpent*.

Le soir, je continue de me plonger dans la lecture des journaux de maman. Peu à peu, la vieille femme malade qu'elle était devenue s'éloigne, cette vieille femme qui lui ressemblait si peu. J'ai besoin de m'immerger dans ses journaux qui sont comme un viatique pour moi : ils me permettent d'avancer pour repartir, un jour, d'un pas plus ferme dans ma propre vie. C'est peut-être ça qu'on appelle le travail du deuil.

Oui, j'ai des moments de bien-être… où j'oublie, un peu, Violette. Je m'accroche au présent et j'essaie de jouir de chaque seconde. Comme un miracle, je retrouve le goût des choses. Je refais avec plaisir la cuisine : ce soir, ma tarte aux tomates et au pistou pour Toumie qui vient dîner. Je jardine aussi, avec le sentiment de mettre mes pas dans ceux de maman qui a créé ce jardin de toutes pièces. Je bois mon petit rosé tous les jours vers 18 heures. Champagne quand il y a des amis. Décidément, l'alcool est le meilleur des antidépresseurs au monde ! Quelle chance d'avoir en moi ce goût si fort pour les *choses de la vie*. Cela me sauve, et me sauvera de plus en plus. Bien sûr, il y a toujours ces coups de poignard quand Violette m'apparaît. Je la chasse, ma pauvre chérie, je déploie une énergie folle et désespérée pour qu'elle ne m'entraîne pas à sa suite. Je l'invective : « Va-t'en, va-t'en… »

En 1981, maman écrit :

« Ces longues conversations avec Boudou et Lisou, quel trésor rare ! Quelles mères rencontrent chez leurs filles une telle… non pas complicité ou sororité… un tel bonheur de les voir heureuses sans que cela entame leurs fidélités familiales propres. J'ai envie que mes filles aiment, que rien ne vienne gâcher leurs chances de connaître le sel de la vie. Pour ça, je ferais beaucoup. Prendre Violette le temps nécessaire, s'il le fallait ; ce que Paul ne ferait pas, ou de mauvaise grâce. Et elles seraient comme ça à mon égard. Elles sont comme ça. Quelle profonde joie ! »

Maman chérie, j'ai un remords : celui de ne pas t'avoir emmenée, une dernière fois, voir la mer que tu aimais tant. Pourtant, tu nous l'as demandé, vers la fin, mais on remettait toujours à la prochaine fois. Parce que c'était compliqué de te transporter en voiture, parce que tu marchais difficilement, parce que tu la voyais, la mer, depuis ton lit…

Des raisons paresseuses dont j'ai honte.

Le 17 juillet, Zélie a 10 ans. Je lui fais livrer dix roses blanches pour marquer d'une pierre blanche cet anniversaire à deux chiffres qu'elle redoutait tant de ne pas partager avec sa mère… J'espère qu'elle s'en souviendra toute sa vie et, surtout, qu'elle en recevra beaucoup d'autres.

Elle arrive bientôt avec Pierre et j'ai hâte de les retrouver. Je vais organiser une petite fête pour ses 10 ans, comme on le faisait chaque été, ici, avec ses parents. Catherine sera là, comme d'habitude. Elle a un rapport formidable avec les enfants, elle sait leur parler, les amuser – beaucoup mieux que moi – et Zélie l'adore. Violette aussi l'aimait beaucoup, elle avait même monté une antenne de Parrains par mille à Chamonix, qui marchait très bien, comme tout ce qu'elle faisait.

Dernièrement encore, elle avait monté une école de formation aux médecines douces par correspondance, avec des stages chez elle, tous les trimestres. Elle réalisait des vidéos pour son site où elle expliquait son travail, très à l'aise devant la caméra, claire, précise, impeccable.

J'en ai reparlé avec Toumie qui l'a vue évoluer, se transformer : « L'adolescente morose, qui ne voulait surtout pas vous ressembler, était devenue une jeune femme solaire et étonnante d'énergie ; comme Benoîte finalement… »

J'ai retrouvé la bougie au jasmin offerte par Pierre et Violette l'été dernier. J'étais émue aux larmes. Ma chérie, tu me manques tant.

J'ai retrouvé aussi des photos de toi enfant. Sur l'une d'elles, avec Clémentine, vous portez chacune la belle robe en velours de Sonia Rykiel que maman vous avait offerte : rouge pour toi, noire pour elle. C'était l'époque où je t'habillais comme je voulais !

Quel crève-cœur de voir cette petite fille qui allait mourir à 36 ans…

Ce matin, j'ai reçu les huit pages de l'enquête de la gendarmerie sur l'accident. Lecture éprouvante. Le destin s'appelle monsieur S., né en Égypte… Une page sur ce que contenait le sac de ma fille… Puis, seconde après seconde, tous les témoins racontent. Le premier dit que Violette hurlait et qu'il lui a fait un maintien de tête. Pierre ne me l'avait pas dit, mais il était complètement sonné, à ce moment-là… Il se souvient juste qu'elle répétait : « J'ai mal, j'ai mal… » Donc, comme je le pensais, elle a eu non seulement affreusement mal mais aussi, j'en suis sûre, une peur atroce de mourir que la morphine a calmée. Le second témoin, celui que j'ai rencontré au cimetière, leur a porté secours dès qu'il a réussi à se garer sur la bande d'arrêt d'urgence, après avoir vérifié que sa femme allait bien.

Il raconte qu'il suivait Pierre et qu'il s'apprêtait, comme lui, à doubler le camion qui les précédait, quand il a vu le choc avec la voiture du chauffard en contresens. Il ajoute que beaucoup de voitures ne se sont pas arrêtées et qu'il trouve cela inadmissible.

Ces secondes qui s'écoulent, inexorablement, jusqu'au moment fatal, à 11 h 55, où le choc frontal a lieu. Pierre n'a même pas eu le temps de freiner : quand il a vu la voiture, à la sortie d'une courbe où il doublait le camion, il était dedans.

Toute la nuit, je me refais le film de l'accident… les minutes, les secondes qui le précèdent, comme si je pouvais changer le cours des choses. Et s'ils étaient partis deux ou trois minutes plus tôt, ou plus tard… Je repense à l'accident des *Choses de la vie* si magistralement décrit par Paul. La bétaillère qui arrive d'une petite route, perpendiculaire à la nationale, dont le conducteur croit d'abord qu'il a le temps de la traverser, avant l'arrivée de la voiture qu'il voit sur sa droite, et qui accélère, puis qui freine, car la voiture va plus vite qu'il ne le pensait… et qui cale, et qui ne réussit pas à redémarrer. En quelques secondes, la vie d'un homme se joue. Le destin ? Le hasard ? La malchance ? Ou alors *l'ironie du sort*, pour reprendre un autre titre de Paul ?

Est-ce que je t'avais dit, ma chérie, que je connais le moment exact de ta conception ? J'avais arrêté la pilule et nous faisions l'amour comme des obsédés, ton père et moi ! Un soir, j'ai su, et c'était une certitude absolue, qu'un spermatozoïde venait de pénétrer un ovule et que la multiplication des cellules avait commencé. Un immense bonheur m'a envahie.

Déjà, bien des années plus tôt, j'avais connu cette même certitude, mais elle avait alors été accompagnée d'un terrible sentiment de malheur : j'avais 17 ans et je ne voulais évidemment pas d'enfant. Et j'ai été enceinte. Et je me suis fait avorter dans des conditions épouvantables car, à l'époque, l'avortement était encore interdit. La pilule n'est arrivée que deux ans plus tard.

Je me souviens aussi de ce que j'appelais « mon rendez-vous d'amour », quand j'ai commencé à te sentir bouger. Très fière, j'annonçais *urbi et orbi* que j'allais faire la sieste pour me consacrer à toi, te caresser à travers mon ventre et te parler. J'en garde un souvenir émerveillé. J'ai adoré être enceinte.

Je suis enragée que tu ne sois plus là pour jouir de la beauté du monde : un sentiment d'injustice d'une force inouïe me terrasse alors.

Je retrouve les lettres de Violette à maman et c'est une violente nostalgie qui me submerge. J'ai tellement envie de l'appeler, d'entendre sa voix, de savoir ce qu'elle fait, ce qu'elle projette. Elle qui avait toujours des projets mirobolants en cours. Elle me donnait le tournis !

Et maman n'a même pas su que ma fille était morte avant elle.

Zélie est arrivée avec son père. Elle s'est jetée dans mes bras et on a fait un immense câlin. Quel bonheur de l'avoir, quelle magnifique raison de vivre.

Elle me fait remarquer que j'ai mis des photos de Violette partout, comme à Paris. Elle, elle a enlevé celles qui étaient scotchées dans sa chambre : cela la faisait trop souffrir. Moi, j'en ai encore besoin, même si je sais qu'il y en a trop. Je me souviens que Marie avait fait de son appartement un mausolée à la gloire de papa, après sa mort. Il y avait même son effigie grandeur nature – faite pour une publicité de pantalons – qui trônait dans l'entrée. Il lui a fallu du temps pour revenir à une certaine modération… Je la comprends mieux aujourd'hui.

Zélie a besoin de moi et ça l'emmerde ! Car c'est sa mère qu'elle voudrait, et elle est obligée de se contenter de moi… Heureuse que je sois là, malheureuse que sa mère n'y soit plus. Elle m'aime, je le sais, mais elle me répète : « Je ne t'aime pas, je ne t'aime pas, je ne t'aime pas ! » Je lui réponds : « Je t'aime, je t'aime, je t'aime ! »

Ce matin, je prends le caddie à roulettes de maman que j'ai toujours refusé de traîner, malgré ses incitations réitérées. Je trouvais que ça faisait vieux : et ça fait vieux ! Mais je dois remonter des jus de fruits pour Zélie et de la bière pour Pierre, en plus des courses quotidiennes.

Maman serait ravie de me voir avec cet engin, et ça me fait plaisir de lui faire plaisir.

Hier soir, Zélie a craqué dans mes bras :

« J'en ai marre de ne plus voir maman… Et puis, c'est terrible, je n'arrive plus à voir son visage, il devient flou… Est-ce que c'est normal ? Heureusement, le matin de l'accident, elle m'a fait un gros câlin, avant de m'emmener à l'école. Et quand ils sont passés devant, j'étais en récré et elle m'a crié "Au revoir, ma chérie !" en m'envoyant des baisers… Baba (c'est mon nom de grand-mère), est-ce que j'ai le droit de pleurer ?

— Mais bien sûr, mon amour, il faut pleurer, ça fait sortir le chagrin ; moi aussi, je pleure, tu sais… »

Soudain, elle exige que je me retourne car elle croit voir dans mon visage celui de sa mère. Une peur terrible l'envahit. Une panique même : « C'est toi Baba, c'est toi ? Tu es sûre ? » Et elle me palpe la figure, les cheveux, et elle sanglote…

J'ai le cœur qui saigne de la voir orpheline à 10 ans. Je souffre autant pour elle que pour moi. Avec elle seule, ma douleur est communicable, et c'est réciproque.

Pour la première fois, elle me dit : « Je t'aime. »

Elle me laisse des petits mots d'amour, comme Violette autrefois, que je retrouve sur mon bureau ou sous mon oreiller : « Merci d'exister !!! », « Tu es la meilleure Baba du monde ! » avec des petits cœurs dessinés tout autour.

Je fonds.

C'est l'été, le merveilleux été méditerranéen qui rend la vie plus douce… Le chagrin lui-même est plus doux. On va se baigner tous les jours et Pierre, qui marche encore avec des béquilles, fait ses exercices de rééducation au bord de l'eau avant d'aller longuement nager. Quand il revient et qu'il doit se remettre debout, Zélie se précipite dans la mer pour lui tendre ses béquilles.

Évidemment, Violette est là, avec nous, tout le temps. C'est le premier été sans elle.

Quand je les regarde tous les deux, je me sens vieille : malgré leur chagrin indélébile, ils ont la vie devant eux. Moi, il ne me reste que dix ou quinze ans, si j'ai de la chance, pour vivre encore de beaux moments.

Violette est irremplaçable, comme chacun de nous, mais je sais que j'aurais fait un autre enfant, si j'avais pu. Comme Nicole, ma grand-mère, a fait Flora après la mort de Marion, la sœur cadette de maman.

« Mais tu crois, toi, qu'il y a une vie après la mort ? » me demande une fois de plus Zélie. Je ne sais pas quoi lui répondre car je ne sais pas ce que je crois, ou pas. Je lui dis la vérité. Ma vérité. C'est-à-dire que je change d'avis sans arrêt.

« De toute façon, personne ne sait rien, ma chérie. Chacun doit trouver sa réponse. »

De l'existence du Paradis
Tout ce que nous savons
Est d'une certitude incertaine.
Toujours ma chère Emily Dickinson.

Pierre m'a apporté le début du manuscrit de Violette, que sa grande amie, Karine, a saisi et imprimé. Violette y travaillait dur et parfois elle m'en lisait des passages. Elle raconte son parcours professionnel, ses découvertes des médecines douces et son expérience de thérapeute. Quand je vois le succès de ce genre de livre – sur le développement personnel, le bien-être –, je me dis qu'elle tenait un bon filon. Je suis épatée de voir valser des références à Descartes, Newton, Darwin, à la physique quantique et à l'épigénétique. Je n'en reviens pas... Mon bébé ! Elle parle aussi des animaux maltraités, du scandale des abattoirs, de la malbouffe et de tant d'autres choses. Ma fille si brillante, si entreprenante, ma fille qui débute ainsi : « Il m'aura fallu du temps, et du courage, pour oser me lancer dans cette extraordinaire aventure qu'est l'écriture de ce livre. Vais-je être à la hauteur ? Ai-je assez de choses à partager ? Suis-je légitime ? Il faut dire que ma lignée familiale a mis la barre haut dans ce domaine et que je suis, en quelque sorte, un ovni. »

Elle n'a eu le temps d'écrire qu'une trentaine de pages.

Zélie m'épuise ! Un enfant de cet âge, ça vous dévore… Je marche sur des œufs et j'ai toujours peur de faire un faux pas. Dois-je être autoritaire ou laxiste ? Chaque repas est un problème car elle n'aime presque rien, à part les pâtes et la charcuterie. Et ça revient deux fois par jour, plus le petit déjeuner et le goûter où elle se gave de sucreries. Je voudrais qu'elle mange plus de fruits et de légumes, mais est-ce le moment de l'embêter avec ça ? Et puis, il y a sans arrêt des machines à laver car les enfants se salissent beaucoup plus vite que nous. Et Pierre, le pauvre, ne peut pas faire grand-chose. Heureusement, la fidèle Mireille assure l'intendance. Et tous les midis, nous déjeunons au restaurant de la plage de Salinas, là où nous avions organisé un déjeuner après la mort de maman. Pierre avait tenu à venir, malgré sa chaise roulante et ses béquilles. Cela m'avait beaucoup touchée : grâce à lui, Violette était un peu là… Zélie, à qui on avait donné le choix, ne l'avait pas accompagné. Elle ne s'était pas sentie de taille à affronter un second enterrement, deux mois et demi après celui de sa mère.

Ce matin, j'ai dû la réveiller car ils prennent le train, tout à l'heure, pour rentrer à Chamonix. Je lui ai doucement caressé les cheveux : « Réveille-toi, ma chérie, réveille-toi », puis je l'ai couverte de baisers en lui disant à quel point je détestais la réveiller et que je l'aimais, l'aimais… follement ! Elle qui, en général, a le réveil difficile était heureuse et souriante devant mon amour si manifeste.

Dorénavant, je suis celle qui l'aime inconditionnellement : comme une mère aime son enfant, et plus seulement comme une grand-mère.

Tristesse de la quitter, même si bonheur de me retrouver tout à moi !

Après son départ, j'ai rêvé que j'étais dans un train, assise à côté d'une mère et de sa fille, entre 8 et 10 ans. J'arrive à destination, et je descends une de mes valises sur le quai, avant de remonter chercher l'autre. La mère est descendue, elle aussi, mais elle ne revient pas. La petite pleure, je la console : « Elle va revenir ta maman, n'aie pas peur… » Mais le train va démarrer, sans la mère, et je décide d'abandonner ma valise sur le quai et de rester avec la petite que je ne peux pas abandonner, elle.

Clair comme de l'eau de roche !

Demain, je rentre à Paris pour mon dernier mois de travail avant ma retraite, le 30 septembre. Toujours la même tristesse quand je quitte Hyères, augmentée, ô combien, du fait que cette rentrée se fera sans ma Violette. J'ai tellement envie de l'appeler, d'entendre sa belle voix si vivante : « Mum, quoi de neuf ? » Une nouvelle vie m'attend, sans elle dans mon paysage. Une vie amputée de sa part vive. Pour maman, c'est plus doux : on a eu le temps de tout se dire et, surtout, on ne lui a pas volé sa vie, à elle.

Tout à coup, dans la rue, je te vois ; mais tu es derrière une énorme vitre incassable. Je veux t'attraper, t'attirer à moi, vers la vie. Je cogne, je cogne, mais je sais que tu es inaccessible. Et pourtant, si proche, si vivante. Tu me vois toi aussi, tu m'appelles silencieusement, mais avec force, et je sais que plus jamais je ne pourrai te serrer dans mes bras. Alors, de toutes mes forces, je chasse cette vision. Je ne veux pas que le chagrin et la colère me submergent.

Je me réveille enfin.

Je dîne avec James N., l'homme qui conduisait la voiture qui vous suivait, Pierre et toi, sur cette funeste autoroute. C'est un moment étonnant que je partage avec cet inconnu : moment d'intimité, de communion même. Comme si nous nous étions toujours connus. Ce qui est incroyable, c'est qu'il est médium et thérapeute comme Violette, coupeur de feu aussi – ce que ma fille n'était pas, pas encore ! – même s'il dirige une très sérieuse boîte d'informatique. Après l'accident, qui était relaté dans la presse locale, il est allé sur le site de Violette et il a vu qui elle était, ce qu'elle faisait. Mais il m'a dit qu'il avait tout de suite compris quelle femme exceptionnelle elle était : « Il n'y a qu'à vous que je peux le dire, quand je me suis approché d'elle, il y avait une lumière extraordinaire qui l'entourait, comme un halo. » Le bas de son corps avait glissé sous la boîte à gants, et sa tête reposait au milieu du siège. Elle était coincée : « Aidez-moi, s'il vous plaît, aidez-moi », lui a-t-elle dit. Elle était calme, presque sereine, en tout cas elle ne hurlait pas... Ou plus ? Peut-être sa présence ? Car il s'est évidemment passé quelque chose entre eux, à ce moment-là : ils se sont *reconnus*... Il ne voulait pas la bouger, car il voyait que c'était grave. Il lui a pris la main et lui a répété que les secours n'allaient pas tarder, qu'elle ne s'inquiète pas, qu'il ne la quitterait pas avant leur arrivée.

Quel hasard inouï qu'elle soit tombée sur cet homme-là, qui pouvait la comprendre, la deviner... Cela me fait un bien fou de savoir que c'est lui qui l'a soutenue dans ses derniers moments conscients. Et je suis sûre que cela lui a fait du bien, à elle aussi.

Il me raconte que peu après l'accident il est allé voir son ostéopathe. Comme d'habitude, elle a mis ses mains au-dessus de lui quand soudain, elle s'est arrêtée net, comme paralysée.

« Il y a une troisième personne avec nous. »

James a tout de suite compris que c'était Violette. Il a montré à l'ostéopathe le site de ma fille et lui a raconté l'accident. Elle était sidérée. En vingt ans de pratique, cela ne lui était jamais arrivé. Au bout d'un moment, elle lui a dit qu'elle avait l'autorisation de Violette et qu'elle pouvait commencer le soin.

James affirme qu'il est en contact avec Violette, qu'elle lui parle, le conseille, presque tous les jours. Elle fait désormais partie de sa famille. Avec sa femme et son fils Arthur – 10 ans, comme Zélie –, ils parlent souvent d'elle. Le faire-part, avec sa photo et la prière indienne, est dans leur salon. « Ne pleurez pas en pensant à moi… Je ne suis pas loin et la vie continue… »

Il pense qu'elle savait qu'elle allait mourir.

En ce moment, je rêve beaucoup de Violette enfant. Cette nuit, j'allais la chercher à une fête. Il y avait beaucoup de bruit, je l'appelais avec une voix de stentor et j'avais une envie folle de l'embrasser. Elle arrivait comme une flèche, le regard intense, brillant, aimant, et elle se jetait dans mes bras. Bonheur !

Depuis, son regard me poursuit. Ma fille ne se jettera plus jamais dans mes bras… Bien sûr, je suis heureuse de la retrouver, mais c'est déchirant de se réveiller.

Je rêve aussi de maman. Est-elle morte, est-elle vivante ? En tout cas, elle est en pleine forme et veut reprendre le cours de sa vie, comme si de rien n'était. Elle me parle de son *Journal d'Irlande* et de son désir d'aller voir son jardin en Bretagne. Comment lui avouer que j'ai commencé à travailler sur son livre et qu'on a donné tous ses vêtements ?

Ou alors elle est silencieuse tandis que je lui explique ce qu'on fait avec les maisons, les deux voitures, le compte en banque… Elle acquiesce sans un mot et, soudain, une culpabilité m'étreint : elle ne doit plus avoir d'argent, il faut absolument que je lui en donne.

Pas besoin d'un psy pour comprendre !

Pour me *consoler*, on me dit que Violette a eu une belle vie, intense, lumineuse, et qu'elle a tout réussi : son couple, sa maternité et sa vie professionnelle. À mes yeux, c'est pire. Sa mort est plus intolérable que celle d'un raté qui se traîne sans plaisir, sans désir, dans une vie dont il ne fait rien. La mort d'un raté est triste, mais pas révoltante.

J'ai revu mon psy. Pour la première fois, j'ai beaucoup parlé de maman et j'ai versé quelques larmes. Mais c'est avec une certaine gaieté que je lui ai raconté mon dernier dîner avec Lison, où on s'est chamaillées avec véhémence, comme avant, chacune certaine d'avoir raison, comme toujours ! C'était à propos d'*El Desdichado* qu'elle attribuait à Musset – la gourde ! – alors que c'est Nerval. Et j'ai gagné une bouteille de champagne, car nous parions toujours, dans ces cas-là.

Ma mémoire est devenue sélective. Jour et nuit me remontent des souvenirs de ma fille à tous les âges de sa vie : des anniversaires, des Noëls, des petites scènes de la vie quotidienne que je ne savais pas avoir stockées et qui sont là, intactes. Mais je n'ai plus que difficilement accès à ma mémoire *normale*. Il me faut souvent plusieurs minutes, et parfois une ou deux heures, pour que me reviennent des noms, des titres de livres ou de films. Tout est monopolisé par Violette.

Je la revois bébé quand je découvrais, éblouie, la force de l'amour maternel et le bonheur sensuel du corps à corps avec un nouveau-né. Pendant un temps, je n'ai plus eu besoin d'homme ! Je découvrais aussi l'inquiétude. La nuit, je me levais quand je ne l'entendais plus respirer ; et je me levais quand je l'entendais respirer. À son premier hoquet, affolée, j'ai appelé maman au secours.

C'est la première, et la seule personne au monde, pour qui j'aurais donné ma vie sans hésiter une seconde.

Deux mots résument pour moi cet amour maternel à nul autre pareil : extase et exaspération. Passer une heure à faire manger son enfant, ou surveiller ses premiers pas avec l'angoisse qu'il tombe sur un radiateur, je n'ai jamais trouvé ça palpitant. Le lieu le plus déprimant au monde, à mes yeux ? Un jardin d'enfants. J'ai vite renoncé à y emmener Violette. Je préférais payer une jeune fille pour me seconder, comme maman l'avait fait, malgré son petit salaire de l'époque, comme Nicole, ma grand-mère, qui avait la chance d'avoir une nurse anglaise à domicile. Mais pas comme Violette qui, longtemps, a refusé de faire garder Zélie. C'était une façon de me montrer qu'elle était une meilleure mère que moi. Elle a fini par y venir…

Dans mon répertoire, quand je tombe sur les différentes adresses de Violette, qui a beaucoup déménagé dans sa courte vie, mon cœur se serre. Je ne peux pas les barrer, comme je le fais d'habitude avec les morts.

Le soir, quand j'éteins la lumière, j'allume la radio installée près de ma tête. Je ne supporte plus de m'entendre penser, surtout dans le noir, où tout est toujours plus sinistre. C'est évidemment le moment où Violette fait irruption et risque de me faire sombrer. Alors, j'écoute un programme quelconque, en général sur France Culture, où il y a des rediffusions passionnantes. S'il n'y a rien de bien, je change de station, encore et encore, et je finis par m'endormir bercée par ce bruit de fond. Est-ce que le corps d'un homme me ferait le même effet apaisant, distrayant ? Mais d'homme, il n'y a point : de ce côté-là aussi, je suis gelée.

Ça me travaille, ça me travaille, de n'avoir pas partagé avec maman la mort de Violette. Et je lui en veux, à ma pauvre maman. Et je m'en veux à moi aussi, et je regrette amèrement de ne pas avoir eu ce courage. Surtout depuis que Catherine m'a dit que maman l'avait accueillie un jour, juste après la mort de ma fille, en lui demandant d'une façon insistante : « Ça va, Violette ? Ça va ? »

Écrire ces mots, *la mort de Violette*, c'est insupportable.

Ma fille dépossédée, à 36 ans, d'elle-même et de son avenir. Ma fille dont ma mère disait que c'était la seule personne devant laquelle je filais doux… Et c'était vrai ! J'ai longtemps eu peur de ses humeurs si changeantes, sans que rien ne les annonce. Je me souviens d'une scène à Chamonix, où j'étais venue pour le week-end, accompagnée de Clémentine. C'était vers 2010. À la suite de je ne sais quels mots anodins, sa colère avait explosée : cette éternelle colère à mon égard dont j'espérais que la maternité l'avait libérée. J'étais pétrifiée, incapable de réagir et, sous les yeux ébahis de Clémentine, mes larmes ont jailli, irrépressibles. Je me suis enfuie, sanglotant de plus belle. J'entendais mon portable sonner mais j'étais incapable de répondre. Je n'avais qu'une envie : rentrer à Paris.

Poussée par Clémentine, Violette est partie à ma recherche et elle a fini par me retrouver. Elle est tombée dans mes bras, elle a commencé à sangloter, elle aussi, et Clémentine, discrète et fine, lui a dit : « Emmène ta mère prendre un café, je vous retrouve au chalet. » Je ne sais plus ce qu'on s'est dit, mais j'ai compris que j'avais sûrement sous-estimé l'ampleur de sa colère. De quoi me punissait-elle ? Oui, je sais : d'avoir divorcé et consacré beaucoup de temps à mon métier, c'est-à-dire aux livres. À son détriment, estimait-elle. Elle n'avait pas complètement tort. Et me faire craquer était sans doute pour elle une façon de tester mon amour.

J'ai relu les lettres que nous avions alors échangées, où je lui disais que je ne supportais plus d'être son punching-ball. « Je n'ai pas été une mère parfaite mais j'ai fait aussi bien que j'ai pu, avec l'immense amour que j'ai éprouvé pour toi, dès la première seconde de ton existence. Je t'aime, je t'ai toujours aimée, même si parfois tu as eu le sentiment que je t'aimais mal. Arrive un temps où il faut renoncer des deux côtés, à la mère et à la fille idéales. C'est long et difficile, mais c'est le seul moyen pour s'aimer enfin sans arrière-pensées et sans trop souffrir. »

Elle m'a répondu qu'elle n'avait jamais mis en doute mon amour, mais qu'elle ne s'était jamais sentie une priorité : « Je te voyais si peu dans mon enfance ; tu étais loin, très occupée, trop occupée… C'était bien de te préserver pour ton travail, mais j'aurais aimé que tu te préserves pour moi aussi. J'étais très malheureuse, maman, il faut que tu le saches… Quand je suis revenue à Paris vivre avec toi, huit fois sur dix, je dînais seule pendant que tu lisais dans ton lit. Ou alors, tu allais à tes cocktails… Que sais-tu de moi ? Rien. Parce que tu ne m'as pas vue grandir. Tu es une grande égoïste, maman, c'est ça la vérité… J'aimerais profiter de toi quand tu viens, et non pas que tu prennes sur ces rares moments pour récupérer. J'ai manqué de présence et j'en manque toujours. Je comprends que Benoîte soit une priorité, mais moi aussi je peux mourir demain, et tu regretterais alors tout ce temps perdu. Tu m'as écrit des choses injustes et méchantes sur mon caractère, qui n'est mauvais qu'avec toi, je te le signale… Alors, j'ai décidé de te rendre ta liberté, jusqu'à nouvelle donne. Ce "break" est peut-être nécessaire pour prendre conscience de l'importance que nous avons l'une pour l'autre. Évidemment, tu verras Zélie quand tu voudras. »

« Oui, je suis égoïste, lui ai-je répondu, mais je pense que c'est à la fois une qualité et un défaut. Non, je ne t'ai pas tout sacrifié, mais je ne crois pas que ce soit une bonne chose car on le fait toujours payer, un jour ou l'autre. J'avais choisi de quitter ton père et Chamonix, de travailler, de m'assumer, et je m'y suis tenue. C'était une question de vie ou de mort pour moi. Et je n'exagère pas… Mais ça a été un choix déchirant et j'en ai beaucoup souffert. J'ai dû prouver, en dix ans, ce que les autres prouvent en vingt ans, et c'est hélas tombé sur les dix ans de ton enfance et de ton adolescence. J'espère que tu me comprendras mieux un jour, et que tu me pardonneras, peut-être, quand tu seras toi aussi confrontée à ces choix cornéliens auxquels on échappe rarement dans une vie. Je t'aime, mon amour, et je t'aimerai toujours.

Pour le "break", tu me permettras de le tenir pour nul et non avenu et, si tu es d'accord, je viens passer le prochain week-end avec toi ? Love. Maman. »

Elle a permis.

C'est vrai que j'ai privilégié ma vie aux dépens de la sienne : mais j'avais un présent à construire et un avenir déjà bien entamé, alors que ma fille avait la vie devant elle. Enfin, c'était ce que je croyais…

Est-ce un crime d'avoir été égoïste ? Pour elle, oui.

Ma mignonne Clémentine, la seule qui a eu le *privilège* avec maman et Pierre – mais un mari, c'est autre chose – de connaître la face noire de Violette, me demande pourquoi je m'inflige la relecture de ces lettres. « En plus, tu les as gardées ? »

Heureusement que je les ai gardées ! C'est tout ce qui me reste d'elle, avec ses dents de lait, ses photos, les cadeaux qu'elle m'a offerts, toujours tellement bien pensés et choisis. Et sa montre Chanel, donnée par son père pour ses 30 ans, que je porte maintenant. Zélie l'aura le jour de ses 18 ans.

J'ai expliqué à Clémentine que j'avais besoin d'affronter mon chagrin et que je ne croyais pas qu'on puisse faire l'économie de ce parcours du combattant.

Demain, 11 septembre, nous enterrons les cendres de maman dans son jardin de Doëlan. Nous sommes arrivées, Lison et moi, avec Denise Bombardier et Jim, son mari, qui ont passé dix jours ici avec elle pour son dernier été breton. Denise se considère comme la fille québécoise de maman, et nous, comme ses sœurs. Elle a une personnalité tonitruante et hypersensible, un peu comme Marie, notre vraie sœur qui est d'ailleurs très jalouse de la place qu'occupe Denise. Car elle aussi se considère comme la fille de maman ! Ce qui compte, c'est qu'elles l'ont aimée et qu'elles ont été là jusqu'au bout, quand il n'y avait plus grand monde… Cela, je ne l'oublierai jamais.

Denise et ses chagrins d'amour, toujours dignes d'une chanson de Piaf, qu'elle chante d'ailleurs très bien ! Je l'ai consolée plus d'une fois… Avec Jim, son troisième mari, elle a trouvé l'oiseau rare : c'est un universitaire anglais, calme et charmant, spécialiste du XVIIIe français. Avec une journaliste survoltée et très engagée dans son siècle comme elle, cela fait un bon équilibre. En plus, l'oiseau rare a une voix divine de ténor.

Le rosier Benoîte Groult est prêt à être planté ; à côté, nous planterons un autre rosier pour Violette, qui aimait tant cette maison, elle aussi. Cela fait cinq mois qu'elle est morte… Je commence tout juste à y croire : c'est en train de pénétrer chaque cellule de mon corps, de mon esprit. L'incroyable, l'intolérable, se faufile par tous les interstices et m'empoisonne.

Je repense à la dispersion des cendres de Paul, ici même, il y a douze ans. Pour le marin qu'il était, nous avions organisé, avec maman et Constance, une cérémonie en mer. Selon la tradition, on a pris place sur le bateau de sauvetage avec l'urne. Olivier de Kersauzon, un fidèle, était avec nous. Une quinzaine de bateaux nous ont suivis vers le large : il y avait les pêcheurs du coin, quelques plaisanciers, et nous avons eu la surprise de voir arriver le *Pen Duick*, avec Jacqueline Tabarly, sa fille et ses équipiers, qui se sont joints à nous. Dans les années 1990, Éric était venu rendre visite à mes parents, en Irlande, avec ce bateau mythique.

Une fois en mer, toujours selon la tradition, les bateaux ont formé un cercle autour de nous et ils ont commencé à tourner dans le sens contraire des aiguilles d'une montre. C'est alors que la corne de brume – musique lugubre – a résonné et que maman a versé les cendres à la mer. C'était impressionnant et beau.

Nous sommes ensuite rentrés à la maison, avant de rejoindre nos amis dans le restaurant, sur la rive d'en face. Et c'est là que j'ai reçu l'appel de Violette, restée à Chamonix, m'annonçant la mort de mon père, Georges. Juste quand on dispersait les cendres de Paul… Je suis restée sans voix. Je l'avais eu au téléphone la veille, depuis l'hôpital où on lui avait fait une série d'examens, tous excellents. Il devait rentrer chez lui, ce matin. Quand je lui avais conseillé, tendrement, de se reposer, il avait rétorqué : « Tu me souhaites déjà le repos éternel, ma fille ?! »

Papa, le meilleur ami de Paul dont il avait fait son témoin de mariage avec maman ; et mon parrain, ensuite… Papa qui n'a jamais pardonné à Paul sa *trahison*. Il a fallu qu'on se marie, Lison et moi, pour qu'ils se parlent à nouveau.

Au restaurant où nous avions rejoint nos amis, il a bien fallu leur annoncer sa mort.

« Mais on est au courant ! On est là pour ça, non ?

— Non, vous n'êtes pas au courant : je vous parle de papa, Georges de Caunes… »

Stupéfaction générale, teintée d'incrédulité. Et tristesse redoublée car beaucoup d'entre eux étaient aussi des amis de notre père.

Huit jours plus tard, nous l'enterrions à La Rochelle.

Nous avons de la chance, il fait beau ce 11 septembre. Constance et Jean-Jacques sont arrivés et nous sommes tous très émus : on se dit que maman serait heureuse de nous voir réunis pour exaucer sa volonté. Il ne manque qu'elle… En chair et en os…

Jean-Jacques creuse deux trous dans la terre : un pour le rosier de maman, l'autre pour celui de Violette. En ouvrant l'urne, je découvre que les cendres sont gris-blanc alors que je les imaginais noires. C'est la première fois que je vois des cendres humaines… Je contemple ce qui reste de maman, et les larmes me montent aux yeux.

On verse la moitié de l'urne dans la terre, puis Jean-Jacques plante les rosiers sous nos regards mouillés. Ensuite, on répand le reste des cendres dans la mer, devant chez nous. Cela fait un ravissant petit nuage argent qui brille à la surface de l'eau. Il s'éloigne doucement vers le large. Maman va retrouver Paul… Elle emporte dans son sillage mon enfance et ma jeunesse. Je pleure autant ma mère que la petite fille que j'ai été si longtemps.

Il est midi, on ouvre une bouteille de champagne et Jim chante face à la mer, *Danny Boy* et *Molly Malone*, ces si mélancoliques ballades irlandaises que maman aimait tant et qu'elle connaissait par cœur.

Ensuite, nous allons manger des huîtres sur la rive d'en face, depuis laquelle on voit parfaitement notre maison. Et comme d'habitude, on se dit : « Oh, comme ils ont de la chance ceux qui habitent là ! »

Je suis une femme libre, c'est-à-dire retraitée ! Ma maison d'édition a organisé une belle fête chaleureuse à laquelle étaient conviés mes amis du métier et ma famille. Cette fête, je l'ai dédiée à ma fille et à ma mère, et à tous les merveilleux écrivains que j'ai rencontrés en défendant leurs livres.

Oui, je suis heureuse d'être libre, mais pas folle de joie comme je l'aurais été si Violette était encore là. Je sais ce qu'elle m'aurait dit, j'entends sa voix : « Ben dis donc, c'est la belle vie, maman… Tu viens quand nous voir à Servoz ? » Je me heurte sans cesse à son absence comme à un mur que je prends en pleine gueule, en plein cœur. Combien de temps va durer cette douleur insupportable qui me lacère et m'annihile ?

La pire chose qu'on puisse me dire : « Avec le temps, ça va aller, tu verras… » Bien sûr, ça ira mieux, un jour. Mais le temps ne guérit rien, il atténue les souffrances, c'est tout ; et c'est déjà beaucoup. Pour le moment, je suis dans un chagrin infini et je sais qu'il faut aller au fond de ce gouffre avant d'espérer en sortir. Mais si le gouffre n'a pas de fond ?

Je n'aime pas non plus quand on me conseille, avec les meilleures intentions du monde, d'aller voir mon psy plus souvent. Je l'ai questionné à ce propos, et il m'a répondu qu'il n'était pas inquiet pour moi : « Venez quand vous en sentez le besoin. »

Le deuil n'est pas une maladie et s'il y a des pilules pour aider à vivre, il n'y en a pas pour guérir ce chagrin. Je ne suis pas malade, je n'ai pas une dépression, je suis juste désespérée.

Parfois, on me dit : « Violette est toujours avec nous, avec toi… » Non, Violette n'est plus avec moi et c'est justement son absence qui me dévaste.

Dans deux jours, le 19 décembre, j'aurai 70 ans… Ça n'arrange rien ! 70 ans, comment y croire ? J'ai été jeune si longtemps… Et quand on est jeune, on ne croit pas qu'on sera vieille un jour, car les vieux sont vieux de toute éternité, nous semble-t-il.

L'horrible, ce n'est pas cet âge horrible – le début de la vieillesse, malgré tout –, c'est de ne pas, de ne plus avoir la voix si gaie de ma fille, toujours la première à me souhaiter mon anniversaire. Foutue année. Ce vide en moi que rien ni personne ne peut combler. Cette solitude.

C'est ma chère et tendre Clémentine qui a été la première à m'appeler, ce matin. Mes larmes ont coulé.

Lison et ses filles m'emmènent dîner, ce soir : « Fais-toi belle, on passera te prendre à 20 heures », m'a dit Lison.

Je me suis faite belle et, en les attendant, vers 19 heures, j'ai ouvert une demi-bouteille de champagne que j'ai bue. C'est la première fois de ma vie que je bois du champagne toute seule. C'est aussi efficace que le Xanax !

Je pensais qu'on allait dîner dans un bon restaurant étoilé. On arrive devant le Toscano, je connais, c'est agréable mais simple. Je suis un peu étonnée, presque déçue, mais bon, ce n'est pas grave. On monte à l'étage et, ô stupeur, toute ma famille, tous mes amis sont là et j'entends sauter – encore – un bouchon de champagne.

Merveilleuse soirée. On ne m'avait jamais organisé un anniversaire-surprise et j'ai adoré. J'ai été entraînée dans un tourbillon de plaisirs et j'ai même dansé sur la table, encouragée par les chansons que tout le monde reprenait en chœur. J'ai improvisé un discours et versé quelques larmes dans le cou de mon frère, Antoine, assis à côté de moi. Depuis, je suis sur un petit nuage. Merci à tous !

Et maintenant, Noël arrive… Ensuite, le 9 mars où Violette aurait eu 37 ans. Le 30, ce sera l'anniversaire de son accident, le 1er avril celui de sa mort, le 8 celui de son enterrement. Toute cette année est ponctuée par ces sinistres rendez-vous auxquels on ne peut pas échapper et qui remuent le couteau dans la plaie.

J'ai perdu à jamais mon insouciance et je ne comprends pas pourquoi je suis encore en vie, alors que ma fille est morte.

La vie continue… Laquelle ?

Pour ce premier Noël sans Violette, on ne savait pas trop quoi faire, et pourtant il fallait faire quelque chose. Pour Zélie d'abord, mais aussi pour nous. C'est finalement Marie, la généreuse, qui l'a organisé chez elle.

Elle reçoit toujours très bien, et ce soir, elle s'est surpassée. Un feu brûle dans la cheminée, des bougies brillent dans les deux candélabres hérités de papa, sa table est dressée avec goût et un splendide arbre de Noël trône dans le salon. Tout est beau et harmonieux, et cela nous donne du courage. Ce n'est pas parce qu'on a envie de pleurer qu'il faut s'interdire de rire, au contraire. Le champagne coule à flots, comme toujours chez nous, et ça aide aussi. On se régale avec le foie gras et les huîtres qu'on a apportés, Lison et moi ; Marie s'est occupée du saumon fumé, des blinis, et de la bûche. Et pour Zélie, comme pour tous les enfants, la magie de Noël opère. C'est le principal.

Le lendemain, nous parlons toutes les deux dans mon lit, avant de nous endormir.

« J'ai l'impression que j'ai passé plus de temps sans maman qu'avec elle… c'est bizarre. Tu sais, je n'ai jamais pleuré à l'école mais peut-être que pour son anniversaire, le 9 mars, je pleurerai. Parfois, j'ai l'impression que je l'oublie… C'est normal ? »

Je la rassure en lui disant que non seulement c'est normal, mais souhaitable. Je lui rappelle les premiers vers de la prière indienne, lue par Pauline à son enterrement : « *Ne pleurez pas en pensant à moi… Je ne suis pas loin, et la vie continue…* Tu dois vivre et être heureuse, c'est que ta maman aurait voulu. »

Je me lève dans la pénombre, pour aller faire pipi, et quand je reviens, elle crie : « C'est toi, Baba, c'est toi ? On dirait maman, je l'ai vue, là… »

Je m'allonge à côté d'elle, elle me serre dans ses bras, sans me regarder mais en palpant mon visage.

« Baba, c'est vraiment toi ? Tu es sûre ? J'ai l'impression que c'est maman, c'est horrible. Je ne peux pas croire que je ne la reverrai jamais… Plus jamais de toute ma vie… Pourquoi ça m'est arrivé à moi ? Ce n'est pas juste… »

Et elle sanglote, ma petite chérie, et moi j'essaye de tenir en lui répétant : « Tu as raison, ce n'est pas juste ; moi non plus je ne peux pas croire que je ne la reverrai jamais. »

Du coup, je suis descendue du petit nuage sur lequel je vivais depuis mon anniversaire. Et je souffre à nouveau, meurtrie dans chacune de mes cellules qui réclament ma fille.

Ma fille qui plus jamais ne m'appellera pour me demander, pour la dixième fois, la recette du homard à la Paul ou de mon gâteau au chocolat.

Chaque jour, je me demande comment vivre avec *ça.*

Hyères, août 2018
Deux ans et cinq mois après…

C'est le troisième été sans ma fille. Et sans ma mère… Et le premier où j'ai le sentiment d'avoir passé un cap : le cap de Mauvaise-Espérance. J'ai traversé une terrible tempête, j'ai parfois cru que j'allais chavirer corps et âme, mais je nage maintenant dans des eaux plus sereines. Maman et Violette sont là, je sens leur présence, le plus souvent bienfaisante et protectrice. Et je suis heureuse, autant que je peux l'être, dans cette maison que j'aime, entourée des meubles de mon grand-père et des souvenirs familiaux. Je jouis de la beauté de mon jardin, de la mer, et de ce ciel merveilleusement bleu qui vous réchauffe l'âme et le corps.

« Si je n'étais pas si malheureuse, je serais follement heureuse ! » C'est ce que je réponds à ceux qui me demandent comment je me sens. Car il y a toujours une douleur tapie au fond de moi, mais je la chasse impitoyablement quand elle risque de me sauter à la figure. Je sais trop bien comment la machine à souffrir s'enclenche et risque de vous dévorer, si on n'y prend pas garde. Et je ne veux pas me laisser entraîner au pays des morts où je rejoindrai bien assez vite ma fille.

Laissez les morts enterrer les morts et réparer les vivants…

La première année, c'est autre chose : même si on se bat contre sa douleur, on ne veut pas vraiment s'en détacher. Comme si c'était la dernière façon d'aimer son enfant, comme si s'en détacher était une trahison. Heureusement, j'avais Zélie : elle est pour beaucoup dans ce que mes proches appellent mon *courage.* Elle m'a obligée à tenir bon car je ne pouvais me permettre de l'abandonner. Donc, je ne pouvais me permettre de m'abandonner. C'était aussi une dette vis-à-vis de ma fille : je lui devais d'être là pour Zélie. Sans parler de l'amour que je lui porte et du bonheur qu'elle me donne.

Et puis, au fil du temps, la douleur est moins violente, moins continuellement présente. Je le note à de petits signes qui sont autant de victoires intimes. Je prends moins de somnifères et d'anxiolytiques et je lis la presse, comme avant, des romans aussi, même s'ils ne parlent pas de mort et de deuil. Le monde m'intéresse à nouveau et j'y retrouve une place. Malgré cette perte irréparable et scandaleuse.

J'ai maintenant compris que mon chagrin était une maladie chronique, avec laquelle je dois apprendre à vivre. Il y a des périodes de rémission et des rechutes. Les rechutes, c'est surtout en hiver – *Quand le ciel bas et lourd pèse comme un couvercle [...] / Quand la terre est changée en un cachot humide.* (Baudelaire)

L'hiver que je déteste de plus en plus, comme maman.

Le 17 juillet, Zélie a eu 12 ans, et elle va aussi bien que possible. Il y a un signe qui ne trompe pas : ses excellents résultats scolaires. Il aurait été compréhensible qu'elle se renferme dans son chagrin. Mais non, elle aime apprendre, elle est bûcheuse, sérieuse, et vraiment intelligente, je crois... Et courageuse, j'en suis sûre ! Maman, qui a toujours apprécié les bonnes élèves, serait fière d'elle.

Je vais régulièrement la garder à Servoz, quand son père est en déplacement professionnel. On se partage alors sa garde avec ses grands-parents, Alain et Brigitte. Pendant les vacances scolaires, elle vient chez moi, et je lui fais découvrir Paris. Je l'emmène au théâtre, au musée : « Pas plus de deux musées, Baba, promis ? »

Je n'ai plus peur de faire un faux pas et j'ai trouvé ma place avec elle. Quoi qu'il arrive, je ne cesserai jamais de l'aimer, comme j'aimais Violette : inconditionnellement. C'est ça l'amour maternel, il vous dépasse et vous oblige à vous dépasser. Je me sens prête à tout affronter, même si un jour elle m'en fait baver comme sa mère. J'ai eu un rêve assez clair à ce propos. Elle avait 14 ou 15 ans et de mauvaises fréquentations. Elle voulait aller faire la fête avec des amis que je jugeais nocifs et dangereux. Elle courait dans la rue pour m'échapper et les rejoindre ; je lui courais après, on dévalait les escaliers du métro, on se retrouvait sur le quai et là, elle allait s'engouffrer dans un wagon dont les portes se fermaient, quand je la rattrapais par les cheveux, littéralement par les cheveux ! Je lui disais, hors d'haleine, et en la fixant droit dans les yeux : « Je ne te lâcherai jamais. Jamais ! » Elle me regardait, stupéfaite, à la fois furieuse et ravie.

Elle a eu ce même regard quand je lui ai raconté mon rêve : car si les adolescents adorent nous répéter « Lâche-moi ! », ils ne le disent que s'ils ont en eux la certitude qu'on ne les lâchera jamais.

Je bénis ma retraite, car j'ai besoin de toute mon énergie quand je suis avec Zélie. Chaque fois qu'on se retrouve, le premier soir, elle craque. Elle a besoin de pleurer et c'est très important qu'elle puisse le faire. Mais moi, ça me démolit…

Et puis, il y a cette vitalité folle qu'ont les enfants, vitalité qui les sauve : le niveau sonore de leurs conversations, leurs demandes incessantes, leur appétit insatiable… J'ai l'impression que je passe mon temps à faire les courses et les repas !

Même si elle est à cet âge charnière où on peut vraiment parler, il y a encore des moments où il faut bêtifier.

Et avec elle, plus qu'avec d'autres, car il faut bien qu'elle reste une petite fille, malgré ce qu'elle a vécu.

Je pense à ce que me disait maman, quand elle gardait nos filles petites : « Je ne m'appartiens plus. » Et c'est tellement ça. En plus, moi, je dois *remplacer* sa mère…

Heureuse de la voir arriver, heureuse de la voir partir !

Les grandes douleurs sont muettes, dit-on, et la souffrance laisse sans voix… Pas chez nous ! Chez les Groult, on écrit, on parle, on dissèque, on pèse les œufs de mouches dans des toiles d'araignées, comme le reprochait je ne sais plus qui à Marivaux. Non seulement le journal intime est une tradition familiale, mais nous écrivons aussi de longues lettres pour exposer nos états d'âme et nos revendications. Ma fille n'a pas failli à la tradition et j'espère que Zélie fera de même. Pour l'instant, c'est moi qui lui écris : pour ferrer le poisson.

Mais ces pages sur ma fille, il faut que je l'avoue, c'est aussi une façon de vous jeter à la tête cette douleur que je cache, le plus souvent. Je veux vous faire porter, un peu, ce fardeau si lourd, si insupportable, si anormal, car ma fille n'aurait jamais dû mourir avant moi. « Blandine, tu es extraordinaire, si forte, on t'admire tous… »

Oui, mais à quel prix ? Le connaissez-vous, vous que cela arrange que je sois si « forte », et c'est bien normal : la vie continue pour vous, alors que, pour moi, elle s'est arrêtée le 1er avril 2016. Cela ne m'empêche pas de l'aimer, cette foutue vie. Non, décidément, je n'ai pas envie de mourir. Sauf à de fugitifs moments où je me dis que de toute façon, vu mon âge, la mort est dans ma ligne de mire. Je comprends ceux qui, après un tel deuil, se couchent et ne se relèvent plus ; je comprends ceux qui se suicident. Mais si on décide de vivre, on reste debout. Comment ? Je ne le sais pas vraiment et je me garderai bien de donner des recettes. Chacun doit trouver comment ça lui est possible. Ou pas.

Pour moi, l'amour de mes proches a été primordial. Je mesure aujourd'hui combien cela a dû être difficile pour eux de me soutenir comme ils l'ont fait, tout en affrontant leur propre chagrin. J'ai absorbé leur amour et leurs attentions comme une assoiffée. Ils m'ont aidée à tenir, à avancer, à vivre.

Certains pourtant – mais ils sont peu nombreux – ont été aux abonnés absents. Plus personne, tout à coup, comme s'ils avaient peur que le chagrin soit contagieux, comme s'ils estimaient qu'ils n'avaient pas la force de le supporter. Ce sont les mêmes qui disent, à propos de leur meilleur ami mourant : « Oh non, je ne vais pas le voir à l'hôpital, je suis trop sensible, je ne le supporterais pas. »

Ce qui m'a soutenue aussi, ô combien, c'est le travail que j'ai fait pour mettre en forme et publier le *Journal d'Irlande. Carnets de pêche et d'amour, 1977-2003*, ce livre avec lequel maman voulait tant terminer sa carrière littéraire. Carrière qu'elle a débutée avec le *Journal à quatre mains* et qui se termine avec ce *Journal d'Irlande*, à quatre mains encore.

Bien sûr, maman me manque de plus en plus ; surtout depuis que s'éloigne la triste dépouille qu'elle nous présentait, à la fin. Mais c'est une tendre peine, une nostalgie poignante, qui n'a rien à voir avec l'absence de ma fille. Son absence à elle, je ne m'y habituerai jamais.

Je me souviens
Des jours anciens
Et je pleure.

Pour maman, je ne pleure pas. Au contraire, c'est une douce mélancolie qui m'envahit quand je me remémore notre passé. Je nous revois, toutes les trois, dans la baignoire de la rue du Havre – Lison et moi nous avons 10, 12 ans – baignoire où nous passions de longs moments fusionnels et complices, à parler de nos rêves, de nos corps qui commençaient à se transformer, de nos vies à venir. Je me souviens du regard amoureux de maman sur nous, des conseils qu'elle nous prodiguait, des réponses qu'elle donnait à nos questions – rien n'était éludé – et de ce bonheur que nous éprouvions dans cette intimité aquatique des origines.

Je me souviens de ce qu'elle me disait quand, vers 16 ou 17 ans, je tombais régulièrement amoureuse, à chaque fois pour la vie bien sûr, et que je me demandais si j'allais sauter le pas : c'est-à-dire perdre ma virginité. « Chérie, attends encore un peu pour voir si c'est vraiment sérieux. C'est important, la première fois, il faut que ce soit un beau souvenir. » J'attendais et, très vite, je n'étais plus amoureuse. J'ai fait pareil avec Violette : je lui ai dit exactement les mêmes mots, et ça a marché.

Je me souviens que maman a accueilli, le plus naturellement du monde, mon premier amoureux à la maison : il dormait dans mon lit, ce qui à l'époque ne se faisait pas du tout, et cela scandalisait d'ailleurs nombre de ses amis, pourtant du genre *gauche décomplexée*. « Je ne veux pas que mes filles découvrent l'amour à l'arrière d'une voiture, dans des conditions sordides », leur disait-elle, déjà en avance sur son temps.

Je me souviens du chèque qu'elle m'a fait pour que je puisse rejoindre à Rome mon amant israélien, et sans doute espion. J'avais 42 ans, j'étais au chômage et ruinée. Tout juste divorcée, j'avais une vie compliquée et elle m'a dit : « Je veux que tu profites de ces moments merveilleux, j'ai de l'argent, alors prends ce chèque et sois heureuse ! »

Je me souviens de nos lettres et de nos discussions passionnées qui me manquent tant : sur la politique, la littérature, l'amour, le cinéma et, bien sûr, le féminisme qu'on a découvert ensemble puisqu'elle n'est devenue féministe que tardivement, vers 40 ans. Quand elle a écrit son pamphlet *Ainsi soit-elle* – un cri de colère mais pas de haine –, elle a ouvert les yeux à des millions d'hommes et de femmes dans le monde. Elle y dénonçait, entre autres, l'excision et l'infibulation, ces terribles mutilations qu'elle avait découvertes en Afrique avec Edmond Kaiser, le fondateur de Terre des hommes. Elle en avait rapporté un reportage glaçant.

Je me souviens de son combat pour la féminisation des noms de métiers, et des quolibets dont on l'a affublée. L'Académie française, qui a heureusement évolué depuis, n'a pas hésité à la taxer de *précieuse ridicule*, et encore, ça, c'était gentil ! Elle serait si heureuse de voir que c'est entré dans les mœurs, aujourd'hui, à part quelques petites poches de résistance d'arrière-garde.

Je me souviens des succès que nous avons obtenus, Lison et moi, dans les dîners où nous lisions des extraits d'*Ainsi soit-elle*, dans le chapitre « C'est rouge et puis c'est amusant ».

C'est doux et touchant quand ça a fini de jouer, arrogant et obstiné quand ça veut jouer. C'est fragile et capricieux, ça n'obéit pas à son maître, c'est d'une susceptibilité maladive, ça fait la grève sans qu'on sache pourquoi, ça refuse tout service ou ça impose les travaux forcés… Ça veut toujours jouer les durs alors que ça pend vers le sol pendant la majeure partie de son existence… Vues de dos, le porteur étant à quatre pattes, elles font irrésistiblement penser à un couple de chauves-souris pendues la tête en bas et frémissant au moindre vent, comme on en rencontre par milliers sur les arbres des îles du Pacifique. Un ingénieur qui aurait inventé ce système-là pour entreposer des spermatozoïdes se serait fait mettre à la porte.

Je ris toujours autant quarante ans plus tard !

Finalement, c'est maman qui m'a aidée à surmonter la mort de Violette. Il m'a fallu presque deux ans pour le découvrir. Maman et son goût forcené pour la vie qu'elle m'a transmis, comme sa mère le lui avait transmis : elle aussi avait perdu une fille, Marion, à l'âge de 18 mois. Et si Marion n'a jamais été oubliée, elle n'a pas non plus été sacralisée. Nicole n'est jamais allée sur sa tombe et elle n'a pas assisté à son enterrement. Il faut dire qu'elle avait quitté Saint-Gervais de toute urgence, avec maman sous son bras. Tous les clients de l'hôtel, où ses deux filles étaient en vacances avec leur nurse, avaient été empoisonnés par on ne sait quoi, et ils étaient tous malades : la plus petite, Marion, n'avait pas résisté. Accourue de Paris avec son mari, elle a dit au médecin qui lui déconseillait de voyager avec maman dans l'état où elle était : « Vous avez laissé mourir une de mes filles, je ne vous laisserai pas tuer l'autre ! » Elle l'avait sauvée. Et André, Pater comme on l'appelait, était resté sur place pour s'occuper de l'enterrement. Onze mois plus tard, Flora naissait.

Nicole si courageuse, si implacable dans sa décision de vivre et d'être heureuse, sans se retourner sur le passé. Nicole qui écrivait : *Amazone sans cuirasse, armée seulement de mon cœur intrépide, j'ai enjambé le temps portant à ce cœur comme une fleur à la bouche mon amour surnaturel de la vie…*

La vie toujours plus forte, c'était aussi le credo de maman qui a réchappé de la perte de sa petite sœur et de son jeune mari. Et c'est le mien aujourd'hui, moi qui ai retrouvé le goût de la vie malgré la mort de ma fille. Et c'est celui de Colombe et de Vanessa qui, toutes les deux, ont perdu leur mari.

Oui, chez les Groult, on est des guerrières !

Maman, si je suis toujours vivante et heureuse de l'être, c'est d'abord parce que tu m'as aimée, follement aimée, même si on s'est beaucoup heurtées pendant mon adolescence – mais ça, c'est l'éternelle et banale histoire entre mère et fille –, ce qui compte, c'est d'avoir été nourrie par cet amour inconditionnel et unique. Et j'ai eu la chance d'en profiter si longtemps… Cela donne des forces pour la vie entière.

Merci maman, je t'aime !

REMERCIEMENTS

Je remercie tous ceux qui sont cités dans ce livre dont l'attention, l'amitié et la présence ont tant compté pour moi.

Et particulièrement mes frères et sœurs, mes nièces, mes cousines et leurs enfants.

Je remercie tous ceux qui ne sont pas cités dans ce livre dont l'attention, l'amitié et la présence ont également tant compté pour moi.

Daniel Arsand
Michel Boutinard-Rouelle
Laurent, Hélène et Raphaëlle de Caunes
François de Caunes et sa fille Cécile
Philippe de Caunes
Françoise Cloarec
Nathalie Crom
Marie Dabadie
Corinne Ducrey et Véronique Canguio
Serge Goldszal et Nathalie Rykiel
Marie-Laure Goumet

Christine Jordis
Mariette Kern
Sylvie Kodic
Éric Lahirigoyen et Nicolas Joseph
Gilles et Valérie Lartigot
Shavinda Liyanage
Christophe Mercier
Vera Michalski
Thi N'Guyen Van
Marianne Payot
Gaëlle Royer
Agnès Séverin
Claire et Pierre-Emmanuel Taittinger
Ruth Valentini

Je remercie enfin Laurence Sterne, l'auteur de *La Vie et les opinions de Tristram Shandy*, à qui j'ai volé l'idée de la page noire pour annoncer la mort de ma fille.

DE LA MÊME AUTEURE :

Des nouvelles de la famille (avec Benoîte et Flora Groult, Paul Guimard, Lison de Caunes et Bernard Ledwige), Mazarine, 1980

L'Involontaire, Stock, 1976 ; Phébus, 2015 ; Libretto, 2020

Journal d'Irlande, carnets de pêche et d'amour 1977-2003 (de Benoîte Groult), Grasset, 2018 ; Le Livre de Poche, 2020

Le Livre de Poche s'engage pour l'environnement en réduisant l'empreinte carbone de ses livres. Celle de cet exemplaire est de :
200 g éq. CO_2
Rendez-vous sur
www.livredepoche-durable.fr

PAPIER À BASE DE FIBRES CERTIFIÉES

Composition réalisée par PCA

Achevé d'imprimer en France par
CPI BRODARD & TAUPIN (72200 La Flèche)
en février 2021
N° d'impression : 3042214
Dépôt légal 1re publication : mars 2021
LIBRAIRIE GÉNÉRALE FRANÇAISE
21, rue du Montparnasse – 75298 Paris Cedex 06

47/0830/4